百年新诗百部典藏／马启代 主编

东南西北风

雨田 著

江苏凤凰美术出版社

图书在版编目（CIP）数据

东南西北风 / 雨田著 . -- 南京 ：江苏凤凰美术出版社，
2021.2

（百年新诗百部典藏 / 马启代主编）

ISBN 978-7-5580-5108-1

Ⅰ．①东… Ⅱ．①雨… Ⅲ．①诗集－中国－当代
Ⅳ．① I227

中国版本图书馆 CIP 数据核字（2018）第 198349 号

责任编辑　李秋瑶
装帧设计　北京长河文丛文化艺术有限公司
责任监印　唐　虎

丛 书 名　百年新诗百部典藏
单册书名　东南西北风
著　　者　雨　田
主　　编　马启代
出版发行　江苏凤凰美术出版社（南京市湖南路 1 号　邮编：210009）
出版社网址　http://www.jsmscbs.com.cn
印　　刷　河北飞鸿印刷有限责任公司
开　　本　710mm×1000mm　1/16
印　　张　10
版　　次　2021 年 2 月第 1 版　2021 年 2 月第 1 次印刷
标准书号　ISBN 978-7-5580-5108-1
定　　价　28.00 元

营销部电话　025-68155675
江苏凤凰美术出版社图书凡印装错误可向承印厂调换

总序

转眼新诗已百年

马启代

早在 20 世纪的最后几年，大家已在议论新诗百年的事情，近年来，"新诗百年"的话题和各类活动甚至与社会商业活动携手并肩、大有超越诗歌本身的勃兴之势。事实上，看似在热闹中诞生的新诗，其本性与喧嚣并无基因上的联系。艺术与人类历史一样，有着表面风风火火的一面，也有着沉潜低回的另一条趋线。作为伴随新文学诞生的一个新兴文体，它呱呱坠地的时代的确可以用狂飙突进来标示，故我虽一向把社会"思潮"与"诗潮"的相伴相随作为认识百年新诗的一个重要视角，但我并不认同仅仅把波涛浪峰上的那些弄潮者看作新诗百年的代表，也就是说那些以潮流和流派及其风云人物为特征的历史叙事所构成的只是一个粗线条的描述，正是"思潮"与"诗潮"的历史共振，加上民族危难和社会动荡所造成的探索中断和精神异化，新诗所欠下的旧账一再被后来者忽略或轻视，仿佛一个亢奋的战士，冲锋中丢弃了装备，几番沉浮，在这个百年的节点，正是反思得失、检视成败的契机。当然，作为在争论甚至反对声中活得多数时候都青春四射的新诗，对质疑和批评的回应与对自身缺憾和弊端的正视从来都是一体两面需要痛加剖析、修正的问题。

我想略通"近代史"的人都会理解，产生于春秋战国以来极少出现的思想自由争鸣时期的新文学，结出新诗这个果实，既是必然，也显得匆忙。我们至今对它的称谓还有争议，如白话诗、自由诗、新诗、朦胧诗、现代诗、汉语新诗、新汉诗等，各有历史定位和美学指向，但莫衷一是，互不认同。此外，关于新诗诞生的历史成因、艺术脉络也各执一词，互有个见。我曾在《新汉诗十三题》中说过，它的源头不是旧诗，它与古诗、律诗、词、曲的代终体换不同，新诗直接来源于外国诗，不是一般的启示与借用，但新诗最终应是民族文化求新求变的产物皆赖于外来文化的刺激复活以及几代学人承前启后的不懈挽救。借此界定新诗的生日——假如非要有一个最大认同公约数的时间，我想，既不是胡适在《尝试集》中几首诗后面标注的 1916 年，也不是《新青年》2 卷 6 号刊发胡适《白话诗八首》的 1917 年，而应是《新青年》4 卷 1 号刊登胡适、沈尹默、刘半农九首诗的 1918 年 1 月。显然，作为《白话文学史》作者的胡适，深知"白话诗"与"新诗"在观念、精神和美学追求上的不同。他在 1917 年 1 月发表在《新青年》上的《文学改良刍议》被认为脱胎于美国女诗人洛威尔的《意象派宣言》，而意象派运动其主要旨趣在于解放英语诗歌的形式和语言，尽管他的代表人物庞德据说受益于中国古典诗歌的翻译。

但毋庸置疑的是，新诗承续了发端于 18 世纪以来世界范围内的诗歌自由化趋向，其背后蕴藏的历史人文内涵和深刻的人类精神走向乃潮流和大势。百年来，世界和中国都发生了许多亘古未有的大变化，人类在苦难和荣光中创造的无数诗篇，成为记录人类心灵和精神变化的珍品。尽管至今尚有人对新诗做出实验失败的定论，近年旧体诗创作日隆，也大有复兴的气象，但无须争辩的事实是：首先，新诗是个伟大而粗糙的发明（沈奇语），它无愧于百年风雨沧桑的砥砺磨洗（张清华语），你即便说它不成功，但也不能无视它有成就（桑恒昌语），穿越百年的时光隧道，战争、天灾、人祸以及正常或不正常的生存考验，新诗已经成为现代人重要的灵魂洗礼和精神救赎的载体。熊辉教授在《纪念新诗百年》中认为百年新诗的发展，最大的成功是确立了自身的文体优势。分行排列的自由书写成为承载现代人情感和思想的有效形式，而吕进教授把新诗看作"内视点"文学的主张，为现代新诗内在形式的确立提供了理论依据。其次，新诗采用大量口语和白话进行书面转化，使古老的汉语焕发出新的生机，重新把优雅与深邃找回，其在唤醒和复活民族灵性上体现出无可替代的前景。最后，我认为新诗与社会思潮与生俱来的根性联系，使其始终勃发着一颗求新求变的魂魄，百年来，它对于中国人精神的塑造居功至伟。

当然，一个百年的文体也许还处于未完成时，尽管许多文学史、诗歌史已翻来覆去根据不同时期的政治需要和个人诉求做过这样那样的修订甚至重写，事实上，所谓百年我们也不妨做模糊的理解，百年新诗也许尚未走出自己的青春期，业已形成的传统还显单薄，无论是文本本身还是理论批评范畴都面临着很多需要解决的问题。新诗不是"作诗如作文，作诗如说话"（胡适语）那样简单，断然不能把一种精神倡导理解为实践指南，正如不能把"下半身写作"理解为"写下半身"，把"口语写作"理解为"口水写作"。尽管民歌民谣给了自由化写作最初的滋养和激发，成就了彭斯和华兹华斯等不朽的歌唱，但新诗随着现代思想的传播，不适合进化论的艺术需要坚守和弘扬的恰恰是最初的和最原始的人的精神和梦想，最本真、最本质的感动。新诗突破了古典诗歌"触景生情"和"睹物思人"的套路，注入了"以思触诗、以诗触思"的感悟和体验，形成了"缘情言志寓思"的现代模式，这些皆赖于中西文化交汇中英美的浪漫主义和法德的现代主义诸流派的深度浸润。但一个文体既有它自我革新和不断蜕变的免疫能力，也有自我阉割的自杀倾向。如今，经历多层磨砺和戕害的新诗呈现出精神伦理和艺术审美上的诸多问题，"生底颤动，灵底喊叫"（郭沫若语）极有被废话、脏话淹没的危险。我在《百年新诗的"三度"迷失》和《当下诗歌创作的"三化"警示》两文中做了解析和指认。据此而论，吕进教授提出新诗的"三个重建"和"二次革命"多年，在展望未来时的确应引起我们的深思。

时光如白驹过隙，对于天地历史而言，百年不过弹指间的一个刹那，但于人于事，一个世纪毕竟暗藏着天翻地覆。适逢新诗百岁，借此数语，聊寄祝福！

目　录

第一辑　　山水秋色

第二辑　村庄与记忆

第三辑　别把哀伤留在五月

第五辑　短歌与长剑

第一辑

山水秋色

断章：崭山村纪实

1

当我离开热闹的城市　行走在一个叫崭山村的村庄
阳光和我平分着一路的景色　经过漫长的城乡接合带
我看见美好的事物依次向我展开　在城里我是多么
容易丢失自己　而在城外我的内部开始分裂
是崭山村的风从我眼前呼啸而过　是那纵横的田野
如交错的神经　让我拥有李杜的情怀　今日
我只能把香甜的米枣当作点心　真是有数不完的回味

2

风吹动枣树　我看见枣树旁的灌木没有哀悼的气息
我知道万物在生长中挣扎　落日以另一种方式存在
风依然不止地摇曳着树枝　我的内心很孤独
有时候一种卑微　隐忍和疼痛一起涌上心头　是一种
说不清的寒冷在撞击着钟声　谁能使山脚下流淌的涪江
舒缓宁静　透明事物的优雅　让冰冷的石头与我的诗句
在城市与乡村之间闪烁细碎的光芒　然后坠地而去

3

我在崭山村听说有这么一位老者　他所熟悉的

怜悯的　渴望的　最后都变成了哑口无言的结局
当暮色赶着羊群　鸭群穿过这片枣林时　他不敢
再奢望什么　一直把往事沉到心底　直到离开这个世界
多少年过去了　不知道村民们为什么还要谈论他

4

就是我在这听见狗叫的悲悯　我想　那也不会
是乡村的悲伤　我看见抵达这里的几条乡村公路上
总是有来来往往的车辆相会在此　熟透的村庄
顺着山脉向外延伸　唯有我今天是这里的过客
闻见乡村喜悦的喧声　我多想化作这里的一把泥土

5

当布谷鸟从头顶飞过　疯狂的现实早已刺伤我的双眼
此刻的我为什么不再愤怒　原来是我沉默之后
在丘陵深处一个叫崭山村的乡村看到了农民的尊严
站在村庄的最高处　望着一大片枣林　我怀着澎湃的激情
感觉到如今的崭山村多像一片绿色的大海

6

枣娘在阳光下摘着枣粒　矮小的枣娘多么古典
她采摘枣粒的动作敏锐得像镜子中的影像
看她充沛的精力　谁能相信她已年过六十
我站在枣树下凝视着她　一只鹰从我的眼前
一闪而过　凝结的空气里有无形的回声在响
而我此时的内心反射出一种无法说清的过度的黑暗

7

枣林里　除了采摘枣的枣娘和收购鲜枣的商贩外　野兔
山鸡　斑鸠虽然到处可见　但难以预料的最深处
说不定也有尘土掩埋着真理　隐秘而无形的力量
随时都会把我击倒　作为人我当然有时会脆弱

8

我在一棵枣树下发现一把生锈的镰刀时　旁边的
一条黑花狗在躲避着我的目光　此时我的思绪盲目
是乡村的生活境界撕裂我的视觉和听觉

9

在崭山村　我一直被这里祖先们崇尚土地的精神感动
洁净的黎明中有麻雀　白头翁　在枣树上　竹林里轻跳
它们各自的吸引力也许是满含疼痛　而我想看见的
是满树如闪亮星星的枣粒　不是它们未遂的诱惑
不知道是什么让我再一次注视那赤裸着青春的枣树
一阵凉风吹来　枣树上的鸟儿降低姿态　我的
欲望随着另一凉风走了　我如此抽象地成为独到的风景

10

站在枣树下沉默之后　我在想　诗圣杜甫
当年生活的这片土地上怎么会有如此香甜的枣
是不是他用凄苦的诗情孕育过这方山水　那么
谁的灵魂至高无上　一粒鲜红的枣能否代表

乡村的高度　什么样的花朵用神秘的力量
穿过无数个世纪　顷刻间　我只想对上帝说
活在如此复杂的国度　我的骨头只能断裂　绝不弯曲

11

我的影子在崭山村穿过花香鸟语时　几只蜜蜂飞过来
空气特别芬芳　蜜蜂采花的枣林　石头也是甜的
那天　我还没有端上酒杯就被本质的香甜景色放倒
回家的途中总是迷路　凉风正吹　可怎么也吹不弯那束月光

12

季节总是要过去的　能不能将枣熟这个季节永远地留住
一个又一个时代就这样过去了　可我们又看清楚多少灵魂
又听见多少真实的声音　而我的内心增加更多的是苍白……

13

是的　我伸手从枣树上摘下一粒枣　红蜻蜓
和花蝴蝶在我眼前化作彩虹　梦境般的现实
穿过九月的光芒　穿过石头与黑暗　直抵我的内心深处
并在我的骨头里开出七彩的花朵　温暖后半生
让句号淡出我的诗篇　因为诗歌是我一生的宿命

14

乡村的空气让我获得喘息的自由　生命的风景
形形色色　在沉默与沉默之间　谁的聆听姿态

升格为咒语的权力　我曾宣泄过国家的疼痛
作为独自远离嚣尘的诗人　我真的有些羞愧难当
何其只是悲哀　那些腐烂的地方还在腐烂
一棵被谁用刀砍得皮开肉绽的枣树对我说
前面的路　比走过的路更加遥远　我的生命注定孤独

15

本来也是如此　我活得不如这些结满枣粒的枣树
一群鸽子在头顶上的天空飞了一圈又一圈　我的确
不知道谁是当今的上帝　我的灵魂只能
在汉字中上升为精神　而谁的谎言已经耗尽
那些沉重的灯盏又在照耀着谁的面孔

16

凝视着树上那些成熟的枣粒　我想象的词语
劈开内心的黑暗　这坚实的土地上不仅仅只长出果实
正义　精神　灵魂和真理兴许会同时呈现　那些
早已裂开的石头也会说话　时代真的变得成熟了

17

村民们的脸上有一种抑制不住的喜悦　崭山村
旷野的身躯上狂奔着马匹　但即便是如此
我也能从那架长满锈迹的犁铧上看到岁月的残片
风吹在乡村的角落　那些遗落在尽头的是些什么呢
谁能告诉我　是这样的　崭山村生动的色调中
也有沉重的天空　这也许是我个人的发现

18

田坎上　一头牛边吃着草边摇动着尾巴　它的眼神
不知道为什么显得那么哀伤　或许它的梦境也有悲痛
作为异乡的过客　我读不懂它的沉默　是两只
斑鸠正悄悄地向它靠拢　我深深地羞愧自己的眼睛
有些出奇的疲惫　太阳在村里的西边落下　我不时地
拿出手机　看日子从我身上滚过　想该怎样回答
那头沉默的牛……瞬间一刻　我差点被跌倒在地

19

崭山村的枣的本能是香甜　生动的枣林反射出
一连串的回声和变形的影子　我同样在阳光下
变得很陌生　接近核心时刻　我从诗人的角度
用想象　用汉字把一粒小小的枣上升为乡村的永恒

20

丘陵深处的村庄把我吞没　我承受着孤独　温暖的事物
随风而去　我藏着悲伤　向梦境般美好的乡村中国致敬

21

太阳快落山的时候　成群的鸟也降落下来　一个村民
用力握住我的手　他一言我一语说的都是废话
我一猛回头　看见两只狗在小路的另一端相爱　望着
崭山村　我想到两个词语　自由　和谐构成日落夕照图

2012 年 9 月写于沈家村

秋雨中的南园

四百多年后　我才敢来到王锡爵当年赏梅种菊的地方
不是这里的雅致或古韵没能让我沉醉　而是
秋雨中的寂静与凄美让我深感疼痛　水中的残荷
低垂　我的想象由此失去了色彩的分明度　仿佛
我看见秋雨中有人在杨六的琴声里半死半活

如果命运允许的话　我将与这里的小桥流水一样伟大
因为秋雨过后就是更深刻的白云蓝天　而我所
关注和思考的事情都与别人无关　这时一只鸟
从我眼前飞过　我不知道它最终的归宿是否在南园
这里也许只是它的一个驿站　经过只是经过而已

穿过长廊　越过拱桥　我在凉亭用深邃的眼睛
望着墙外的高楼　一种啼笑皆非的画面击伤你的风水
直到你的韵味少了些本色　多了些杂念　这是谁的过错呢
水池对岸的树上　有几只鸟在不停地争吵　时不时的
还蹦来蹦去　像是有主题的自由发言　讨论着实质性问题

2017 年 9 月 23 日夜写于苏州太仓

秋之诗

——写给 Rose Young

思念你　像一只孤独的大雁去触摸远方的江南
我曾经的疼痛里　驻扎着沉默的灵魂　有谁
知道闪电和雷声掩盖着我的哭泣　又有谁知道
雨水淹没着我的泪水　穿越诗篇的日子里
红玫瑰流出的是古老的爱情之血　面对斑斓的秋色
我只能与脆弱同行　也许是你难以说出的词语
点亮了我累累伤痕的秘密　思念你不需要清晰的缘由

秋风从涪江的对岸吹来　我是否要知道我们所走的路
是最初想走的路　思念和诺言或许让我承受一种思想
让那些多愁善感的陌生人去期待梦中的蝴蝶
火焰让太阳的激情燃烧　我什么时候才能成为
真正的自由人　伴着爱情在秋风深处沉醉
梦中的你　宛如一只穿越形而上的洁白的鸽子
对明天的太阳怀有信心　是你的内心正亮着灯

2016 年 8 月 9 日写于沈家村

在秋日对金仓湖说

几只白鹤在空中飞来飞去　你的平静如我的沉默
我必须羞愧地对你说　我生命的祸根不是别的什么
其实就是充满野心的灵魂　失败是必然的　我将
带着什么样的渴望走近你　是否在子夜也要带上玫瑰

湖面闪着灵光时　我的确是在衰老　真的不用去深想
有限的生命和永恒光辉的问题　这样会活得太累

为了品尝落日后的你　我更多欲望呼啸不止呵
准确的说　我不能把对一个女子的思念留在这里
只有这样　失血过多的我才不会麻木　心也不会七零八落
我没有万里河山　但有自己的孤独　千万别笑我哦金仓湖

2017 年 9 月 23 日夜写于苏州太仓

没有月亮的中秋之夜

冷如白骨的月亮　你在今夜隐藏在哪里
不知为什么　我的整个白天都是神魂颠倒
此刻　再怎么优雅的热度也无法掩盖
我内心深处的忧伤　我的热血已经变冷

独自一人静坐　没有酒　比泪更烫人的思念
如一颗生锈的铁钉扎进我的骨头　今夜
举着杯盏的人又是谁　而谁在我疼痛的伤口
洒上了一把盐　而我心中的月亮今夜已在远方

无边的思念抵挡不了无边的孤独　只有死亡
在缓缓逼近我　也许我过多地去想念一个人
就是自己的悲哀　想到这一切　我更加悲伤
如果可能的话　我将独自一人试图隐身而去……

2017 年 10 月 5 日凌晨写于沈家村

沙溪古镇的银杏树

如醉翁的我在秋天的雨中惊醒　可怕的是精神腐朽
我在沙溪古镇一棵足有八百年以上历史的银杏树下
想到了人类是否有真理的问题　然后仔细揣摩
这是不是该我去考虑的事情　透过那些向我涌来烦恼
残酷无情的现实又一次痛击着我受伤的心灵　没有只言片语时
我发现秋天像一个伟大的谎言把我们诱惑　又隐瞒了真相

沙溪古银杏的历史在提醒我　风风雨雨的怀想隐藏着刀锋
而我不变的呐喊只能守候在无言的沉默中　甚至我的爱与恨
只能成为一种记忆　我用深陷的眼睛盯着一些干枯的树枝
我知道这棵古老的银杏在几百年的风霜里见证了什么
而我总觉得眼前这棵银杏树不是一般的树　它就像一条
令人生畏的汉子　冷酷　正直　强壮　无畏　还爱憎分明

2017 年 9 月 24 日夜写于苏州太仓

樵夫与耕者的画屏

雁群在雨中飞行　屋檐下躲雨的樵夫　懂得
宁静才是他的夙愿　川西北丘陵深处隐藏的奏鸣曲
正召唤着诗与词的故乡　谁的泪水禁不住涌上眼窝
又是谁透过泪眼看到了如此神圣的绝境
从虚到实　从世外到宽阔的内心　只有明朗的太阳
知道人性的高度　知道自由的思想能辟出大道
让行走的樵夫无疆地穿越比涪江更遥远的河流

谁的信念能让世界在一瞬间改变面貌　那些
无形的光芒能点亮沉睡的灵魂吗　只有尊重生命
才能离心灵更近　去注视耕者的眼神吧　那些手
思想或激情　甚至他们惆怅的身影
都被秋风吹动　谁的足迹划过苍茫的旷野
谁正用人的良知唤醒时间深处的疼与爱　悲与欢
唤醒那些满嘴谎言的人　说出一句黑白分明的真话

2016 年 7 月 10 日下午写于沈家村

西湖秋月
——致 C21 岁生日

秋瑾和苏小小在这里沉睡了多年 那么神圣的断桥上
人来人往 人间的许多悲剧或者从黑夜开始
而我充血的眼睛正穿透封闭的浓雾 灵魂在沉默中祈祷
发出大海的呻吟 夜莺在你还没有出现前就已消失
半暗半明的灯火怎能解除我凝固的忧郁 有谁知道
我的心底有没有一泓秋色的湖水 仿佛也是一种哲学
那颗明亮的星是上帝的女儿 高不可攀 你要体验
人间的什么 自由的生活也很空虚 我能用你的亮光取暖吗
站在湖边望着远景 我的意志没有飘浮 而是内敛或坚定
残酷的现实使我浑身发冷 我一次次被一种说不清的火焰
点亮 最后成为灰烬 让我的内心深处又一次黯淡下来
也许我的记忆如石头 不用雕刻刀就非常生动……

2011 年 10 月 15 日夜写于杭州新新饭店

亭子口水祭

嘉陵江在这里被宰断　那些空虚中的空虚
和上帝留给祖先的遗物掩埋在此　往事早已遗忘
淡淡的乡愁与远久的期待像枯干的尸骨露出面孔
我是否在追问你终年被迷雾所遮掩　谁的阴谋
把你切割成一块又一块的诱饵在风中喘息

我无知地站在嘉陵江边　你和山却不开口说话
虚幻的梦境与记忆混杂在一起时　让我倍感孤独
以为你走着走着就迷失了方向　我不知道自己
该用什么语言将你唤醒　伤感沉浸在某个时刻
夕阳飘落在路上　你的透明刺痛了我的尊严……

2015 年 2 月 13 日写于苍溪

乌兰木伦湖

我从遥远的巴蜀来看你　也许我的自由多么苍白无力
但我记得你　在鄂尔多斯比沙漠　骆驼和战马还要恒久
今日　我带着荣耀在这里漫步　秋风弥漫着光芒
与其说你的宁静　不如说你的存在就是风景
我凝视着种种忧伤更为幽深的一棵枯树时
归来的群雁呱呱地叫着　声音悲凉　而我觉得亲切

2017 年 8 月 19 日写于鄂尔多斯

老阴山上

假如这里的白云变成玫瑰色　谁能想到
我还会在那团浓雾里醒来　也许来到这里的人并不知道
人生最可悲的是活在当下　没有充分的自由
时间跑得这么快　而我万万没有想到观景台的风云
变幻无常　不知为什么在长廊我顾不上好好欣赏风景
而是龇牙咧嘴地回忆往昔的岁月　杯盏无酒

几个孩子跑着喊着　她们的喊声像圣歌点燃我的沉默
并迫使我在甜美的阳光中爱抚花的光环　吮吸
洁净的空气　是这里的风清洗着我的血液
在风与黑暗之间　我的身影不能倾斜　令人
迷醉的黄昏无法改变隐秘的话语　我爱这里的一切
说此话语的我没有一点伤痛　只有深远和永恒的向往

快要离开时　我听见那撕裂肝胆的蝉的叫声
越听越像是在哀哭　难道是它想多留我一阵……

2017 年 6 月 25 日晚写于个旧

加级寨

这里的梨花早已远去　炽热的山寨怎么可能
是一首彝家悲伤的圣歌　我的沉默与寨子里孩子们的呼喊
自由的穿梭在其中　不知为什么一阵风雨突然让我觉得温暖

是几个月前　满山遍野的梨花多么清秀诱人　而我等待的雪
早已飘落　所有梨花和飘落的雪可以做证　我思念的灯盏
没有熄灭　它在我的内心世界一直亮着　亮着哦……

说不清我在加级寨为什么有一种盲目的力量让我的沉默
显得更有意味　难道是彝族妹子罗岚的微笑加重我内心的痛
我不知道自己是否能隐藏这个小小的秘密　持续多久为止

离开加级寨时　我竟然迷恋上了自己的影子　梨树下
如此硕大漂亮的紫色绣球凝视着我　一只黑色的狗欢天喜地
逝去的时光里　我会叹息加级寨那些朴素而又忧伤的事物

2017 年 6 月 28 日写于个旧

柯鲁可湖

强烈的阳光刺伤了我的眼睛　无形的天空
在柴达木盆地流动　我无意识的注视着赤裸的你
猛烈的震颤使我的血燃烧起来　野鸭和不知名的水鸟
成群结队的扑向你　黑压压的牦牛和羊群也向你移来
我不敢用我伤口太多的手抚摸你秀发和皮肤
此时的我只能向着你身旁的红柳枝条仰望
我知道你是一匹狂奔在暴风和沙尘中的野马　如此深邃
而我丢失已久的内心却永远无法找回　我如此凄凉

那些曾经在这里流放的诗人认识你　谈论时
我不仅发现你玫瑰色的光芒　还发现你阴影的胸膛
也高高挺起　由此我的内心又多了一种忧郁　多了
一种难以治愈的疼痛　像搁浅的沉船无言无语
我站在你的面前闭上眼睛时　一种贪婪的欲望跃入体内
律动的血液升腾为一种旋律止溶解着我的疯狂
是你缓慢而又顽强的倩影将我的形象淹没在荒凉中
瞬间　我沙白的胡须变瘦　而你——柯鲁可湖的青春依旧

2014 年 7 月 24 日写于德令哈

水之境

我为什么要沉默　在我面前　罗家湾枫丹白露里的水
碧绿如一湾睡在阳光下的柔和的云朵　年轻的丘陵
像长出了飞翔的翅膀　我曾经梦想过成为歌手
如果我的梦想真的成了现实　我会像水一样寂静

你是太阳的　也是我们的　我像你的倒影在移动
你不会谴责我的无知　和我的无能吧
也许我漂流之后最终还要回到你的怀里　然后
反射出水面成为一道风景　在隐藏于斜斜的
树林里的鸟鸣里闪烁　那随着岁月悄悄溜走的天使
如今是否还是那么青春　我似乎不知一点下落

水之境界　水如女人　但女人不是水做的
黎明时刻　是水迎来太阳向我们走来　越过褐色的土地
和丘陵　太阳在照亮水的同时也照亮了我的内心
风中的我听见树木　玉米和稻谷拔节抽穗的声音

我看见你就像在阅读一首关于水的优美诗篇
我知道你早已独立成川西北丘陵深处的风景
其实我早就明白你经受了世俗的拷问
并守住了自己一生的宁静　我渴慕你的浪漫与旷达

给这充满活力的罗家湾添了几许神秘的色彩
你美丽而坚执的向往令我的神思恍惚

2005 年 11 月 27 日写于沈家村

阅读哈尼梯田

六月的哈尼　血丝般的铁的锈蚀穿越黄昏
我看见沉积的云朵刻刀般清晰　坠落如深潭的黑夜
晚风伸出修长的手指　缓缓地搅动山寨的夜色
那个躲在云层背后的哈尼姑娘　一边唱着情歌
一边点亮夜空里的星星　等待那枚酿熟的月亮

是的　这里不仅有白云　蓝天　飞鸟　乡音和野花
最初的视野里是一弯弯粼粼的波光　还有起伏的神秘
曲折之水在弯曲的寂静之上　滋润着哈尼人的光环
我知道他们原始的灵魂都赤裸裸的嵌在半山腰上
自由的生命在时光里充满真实　我已迷醉在其中

我在多依树享受日出的风景　好像被宁静的风吸了进去
犹豫中我变得更加苍白　我绝不怀疑眼前的白云虚无
活了几十年才明白天是无边的　当太阳压过枝头时
蝉鸣和梯田里的蛙叫声不分上下　六月的哈尼山寨姿色
隐藏在哈尼人生活的情趣里　水就是他们的丰碑

2017 年 6 月 28 日写于个旧

西峡银杏树

你像我一样　生长在一个多灾多难的时代　真的
我们在崇高　自由和爱的阴影里挣扎
直到人世间没有喧哗　也没有痛苦

是啊　在中原的西峡　不是虚幻的旅途非常快乐
谁能想象出你千年品质的模样　我所有的感情
都起不到作用　你没有在风雨中死亡

在你的面前　我沉睡了多年的思想开始苏醒
我心旷神怡的站在这里　如同站在帝王的家园　伴着
清亮的流水声　写下这些并不成熟的诗句

西峡银杏树　你知道吗　忧郁的诗人　他今天
唯一真实的情感是孤独　但却被你
——这个坚强不屈的美人俘虏　而我只能向你屈服

2011 年 10 月 24 日凌晨 5：39 时写于西峡二郎坪

洞天漂流之后

我乘着漂流船一路呼啸而去　穿过黑洞时
隐藏在寂寞心里的秘密已经不是秘密了
我在反问自己　这就是梦想中的奇幻世界吗

其实洞里的每朵石花都在对我微笑　还有
那古老的滴水声并没有失去它本身的透明度
而我站在这里觉得人多么的可怜　是耻辱的过客

是的　这里再碎小的石头　它也是完整的石头
它的内心隐藏着还没有燃烧的火焰　而我
抖颤着的灵魂不知为什么变得如此的苍白

总有一天　我会把洞天的激情写进我的诗歌
让那些充满悲剧色彩的幽灵见鬼去吧　怀着光阴
我心旷神怡地和这里千奇百怪的钟乳石一同衰老

　　　2017 年 9 月 20 日下午写于江油至绵阳车上

纪实唐家河深秋

1

深刻的秋天　有的事物在我的眼里变得多么可怕
时间之外的某个高处　乡愁伴随着古老的歌谣
秋风像一把迟钝的刀　锈迹斑斑　我恐惧
不是那挥刀人的力气　而是我出生后就被岁月的刀
一层一层的削着　连同我的思想也被剁碎

夜晚　一只黑熊挡着路　两头扭角羚越过青竹河
我回想起三十年前这里的四月开着油菜花　洋芋花
空腹喝了两大杯蜂蜜酒后我站在外面　发现
还是透明的月光和星星依然掌管着天空

2

我曾经在这条河赤身裸体的跳了下去
想洗净身上肮脏的东西　而最终还是不尽人意
不是洗不掉　而是现实里有许多肮脏无法去洗
也不是我迷惘　猜疑　是我们身边污秽太多

我静静地坐在水边听河水歌唱　几只讨厌的红头鸟
在我旁边喧嚣　秋风吹落红色的枫叶

我漫不经心地想起一些无关紧要的往事
然后悠闲的望着幽深的森林　我知道
我只是临时来到这里的一位过客　心会被秋风吹空

靠着一棵树　和眼前的河流与落叶对话
我的脚下有许多动物走过的蹄印　猜它们是黑熊
或者是扭角羚　或者是马　我无语望着那些高阔的树

3

穿过桥　漫步在阴平古道　不知为什么我躁动的心
要去刺痛漫长的河道　难道是不想走邓艾当年走过的路
还是在蓄意与时光　爱情　或生死誓盟　而脚下
这路是古人用生命走出来的　穿越过几代王朝
淋湿过几代历史　望着千疮百孔的遗址　我的沉默
似铁　当我发现有的良心披起潮湿的盔甲时
茫然的失声痛哭　面对比骨头还要缺钙的现实
我想　所有的幸福与我无关　人类的悲悯
亮出我的沧桑与伤口　我想说　我要说
我不是一个瞎子　但我要把所有的黑暗走完
路过半边街　我已经闻到李春酿的醍醐酒香味
久违的暖意正驱散苍茫人生的种种冷寒

4

站在河滩的乱石上沉默　一群有着天蓝色
面孔的金丝猴正在河里戏水　有着水汪汪大眼的金丝猴
它孤傲的坐在树上　威严而又忧郁　像是在望风
守望着猴群们的爱欲如歌　河两岸的树上

还有叽叽喳喳的雀鸟叫唤着　也在宣泄爱欲与冲动
一只山鹊从我头上飞过　两只花蝴蝶在我面前飞来飞去
那些看似自由的人　其实是被别人操控　而我
独立的思想就像被禁锢的鸟　此时此刻
我是多么羡慕这世外桃源的雀鸟能自由歌唱

5

登上摩天岭　我体内的雄风比山顶的风大一倍
假如我脚下就是当年战壕的遗迹　说不定
我会用灿烂的目光去捕捉那些飘浮不定的身影
然后抒写淋漓的诗行　用正义去丈量灵魂的高度
我不会带着绝望去猜想那些疼痛的身躯
从诞生到死亡　仅仅只是瞬间的爱与恨吗

是的　我们戴着面具活着的今天　谁蒙着遮羞布
镇定自若　装腔作势的说着滔滔的瞎话
当我猛然抬头时　两只苍蝇在天空盘旋
一只孤独的乌鸦站在枯树上　一声接一声地叫着
像似在哭泣并不久远的冤魂　我的挽歌
该献给谁呢　谁能解除我困惑的哀愁哦

6

这里的山水和石头擦亮了我的眼睛　我想
秋天是不会隐喻一场爱情的游戏　她会留下
令人体悟和回味的芳香　然后悄悄地溜走

2016 年 10 月 31 日至 11 月 5 日写于唐家河、沈家坝

地球上的金湖

我从黑暗中醒来　饥饿的宁静比我还要悲伤得多
红土高原的一阵风卷走了会说话的石头
湖面上　水波翻卷着远去的钟声　你为什么不再喧哗
要沉思在冷漠的信仰中　让内心的镜子沉默　风化

如此的孤独阻挠着我的欲望　站在湖边
我始终保持着对水的敬畏　谁的品性使身旁的红河
有了阴影　暴力的言辞让我这把老骨头不能腐烂
明亮的月光下　我和玄武喝着美酒　说着脏话

暗潮汹涌在我体内的河流　反射的火焰在水中回旋
我想触摸的　除了吼叫就是沉默　难道我真的
要在思念中向着一棵没有结果的树哭泣　回忆
一生的爱与恨　我万万不能　就是丧失做人的底线

在个旧　面对如此境界之水　我怎能成为岁月的标本
还是一阵风让我陷入一种无法言说的饥饿之后
热血澎湃　墨守成规　我必须告诉世界　告诉人类
地球上的金湖　你本身就是一方超越的极品神砚

2017 年 6 月 26 日凌晨 4∶36 时写于个旧

第二辑

村庄与记忆

乡村博物馆

没有谁在赞美你　而被人们赞美的是些什么
一棵年老的朽木　还是那些有毒或无毒的植物
不知为什么　我从不听从美的召唤
什么方是真实的　永恒的　什么比月光更汹涌
什么方是撕破黑暗的黎明　谁能告诉我
怎样方能让自己不再麻木　难道我就情愿放纵
情愿备受盲目的煎熬吗　是的　我内心的火种
被谁取走　谁的痛哭正被春天埋葬

我在这里低着头　天空也在这里低着头　犁头
风车和磨面的石磨没有告诉我谁带走了时光
那些被铁匠在炉火里炼打的弯刀和斧头为什么沉默
许许多多的问号都在这里成了深渊　我麻木的手
握着别人的手时　左顾右盼的老妇人是知道
现实里的无数双眼睛早已看不到真实的眼睛
我要质问　谁在压迫我的灵魂歌唱
一盏油灯　一对马掌和一台老式放映机
无语的望着我　精神的镣铐锁着我的晚年
历史在修辞中已经成为历史　只有你还有真实的一面

2013 年 4 月 27 日写于玉河镇

仙海的两棵树

天龙山顶上的两棵古柏　你站在这里干什么
我不知道这里过去如何荒凉　但我明白
你在无数次的狂风暴雨中形成自己的躯骨
独自啜饮着生命的呼吸和你根上的故乡
我真的想　你的前世就是一对难舍难分的恋人
有着一段伤心的泪被风吹走　变成烟雨
此刻我站在你的面前　用悲苦把甜蜜唤醒

你见证过月亮在水面上升起　倾洒着忧郁与喜悦
激情的浅丘里　你的孤独成了一种信仰
把我深深地诱惑　大地震颤时你注视着
仙海湖封存的火焰　在挑战孤独时享受独孤

还有谁知道你扛着自己的命运　扎根在山水间
一刻不停地吸取阳光　活在速度之外　从不
屑于急功近利　但你从不寂寞　你的枯枝败叶
也自成一体地成为浅丘深处的风景　你没有
被狂风吹斜　是因为你懂得生命的意义在于正直
谁也不知道你在追问或留恋什么　阳光下
你凝视着一些赶路人　从你身旁悄无声息地走过

穿过火焰　你神圣的光环迷醉在音韵起伏的水面

我想在恍惚与欢乐的绿色之间去触摸你的恋歌
如此根深蒂固　我领悟到你上空空气的甜美
仙景之境界　有一种诗意正环绕　并穿梭在其中

微风用指尖触摸你的枝叶　你跳动的脉搏
日复一日地抵达内心　我知道比黑夜的深沉
更广阔无边的是你的温暖　你沸腾的欢悦
如同阳光之声　让你的躯骨更加坚硬而勃发
从第一眼认识你开始　我就陷入一种窘境
你的高度　你的光辉与永恒是你沉默的话语
我知道你的生命获得了阳光和土地的力量
不然　你怎么会这么有骨有情有义的守望在此

2016 年 5 月 20 日写于沈家坝

戏 楼

穿过早已报废的屠宰场　阳光仍然烙在脸上
我站在空空的戏楼下面不知哀悼谁　不知为何
不大的郢江怎么会有多处空空如也的戏楼　那些主角
和配角是否远走异乡　本该热闹的场面却像铁栅栏
一样冰冷　此时的我比孤独还孤独　蜷缩在角落
冷得浑身发抖　所有看戏的人怎么一个都没有来
假如当年我是这里的老大　我会像蔑视疾病一样
去讨厌流行的娱乐吗　那水灵灵的小凤仙能拒绝我吗
谁又会海誓山盟　和我结成一体　生儿育女
我确信这里过去不止一次辉煌与热闹　乡村海市蜃楼
被谁摧毁　真的没有谁来注视和安慰我的存在
离开戏楼后　我顺从一只鸟飞去的方向　像幽灵
用忧愁喂养逻辑　然后找出根本不可能的可能性
以血泪和伤口来解释一切　其实现实就是一个戏台
只是我们的主角与配角不同　连我有时就在问
在生活的戏楼里　我究竟扮演的是什么样的角色

2007 年 8 月

献给鄞江的诗篇

起伏的丘陵相依　阳光如锋利的剑　正切割
那棵苍老的黄桷树丫枝　我从遥远来到鄞江
忘记了痛苦与忧伤　是另一种光芒照亮我的内心深处
也许是旅途中我回忆复苏的春天隐约可见的幸福
如同神秘的伤痕　面对这永远流不尽的泪水
我想起天空中自由飞翔的鸟　想起作为人的尊严
穿过老街的吊脚楼 剥玉米的妇人和悠闲的狗
锁定在我的镜头　尽管这里的一切都很陌生
但不会影响我的观察力　就连那位蹲在茶馆
门口发呆的老人　也没有让我乏味　唯一让我觉得
有意义的是树尖上的鸟粪　它真的比树还高
让人难以理解　而我只能说　人才是悲惨的动物
鄞江河在群山怀抱里静静躺着　那些疯长的树木
和稻谷如诗如画　悄悄移动的风吹皱我的脸
我被空空的戏楼唤醒后不能再陷入半昏半醒
这里的土壤养育人　也养育万物　漫长的时间过后
什么又被阴暗的天空压迫着　为此我感到不安
鄞江影剧院死寂无声　大门紧闭　我望见一只
黑色的蝙蝠从打开的窗户潜了进去　没有人
能阻止它　一个老头在黄桷树下来回踱步　风早已逃窜
古镇上的树木羞怯的呼唤着风　哦　归来吧
在鄞江我发现　欲望正追赶着那些永不知足的人

谁在我的体内种植了什么　我来鄞江只是寻找意象
黄桷树的根沉默　返回的途中我发现受伤的天空
在我的诗中咳嗽着　夕阳走后月亮升起来　时间
为什么不等人　想到这个问题时　幸福　痛苦与悲哀
已经出现　我自由的天空不知在哪里　我诗歌的光芒
不知该照亮谁　我的诗篇早就该献给眼前的鄞江

2007 年 8 月

门前那棵核桃树

没有人会注意　门前那棵核桃树　它的芳姿
早就露出锋芒　只是我没有能力去颂扬它
它真的是我少年时期的见证　你说我能忘记它吗
谁都知道　它的伤痕太多　在经历无数次死亡中
不知为什么　它依然没有痛苦和恐惧　秋日里
嫩绿的叶子坠落　但苍老的枝干还那么挺拔
是那棵核桃树的威风正把阳光切成碎片　就在此时
我内心的言辞却悄悄溜走　飞鸟站在枝头沉默
记得少年时　那棵核桃树上站满麻雀　如今
不知那些麻雀到底去了何处　村庄如此安静
我少年时期的梦想也不知去向　但我依然记得
核桃树上顶尖的那个喜鹊窝和斑鸠巢是我捣毁的
现在想起这些往事　就觉得可笑　觉得无知
这次回到乡下　我专门到那棵核桃树下沉默很久
要承认这点　它的芳姿还是那么锋芒　而我
却苍老了许多　虽然没有闻到核桃花幽幽的芳香
而目睹的真实是无法掩盖的　整个下午　我的内心
只是一个毫无意义的空壳　还能去预言什么呢
门前那棵核桃树属于养育我的村庄　沿着树下
这条小路　可以到达另一个村庄　而我最初的诗句
写的就是这条小路　我此时此刻　站在没有尽头的小路上

看门前那棵核桃树在明亮的天空下怀抱着落日
我想我的一生还不如它　因为它的模样　本色一点没变

2007 年 10 月 2 日

躺在房屋后的铁

回到乡下破败的家　房门紧锁着　我在
一群蚊子的追赶下　只能围着空空的房屋
转了一圈又一圈　然后　在躺在房屋后的一块铁
面前停住脚　此时的世界仿佛很静
我的双眼装满荒芜　那块铁不知孤独了多久
它周围的泥土也长满黄锈　像太阳的泪水
看见那块生锈的铁　我的眼睛在不痛不痒的季节
静观尘世　人世间的事物此起彼伏　如果说
我始终保持锋芒的姿态　不生锈的铁
或者就是我眼中的一颗钉子　谁的骨头
已在寒风里腐烂　我多么想　自己贫血的诗篇
能传达上帝的旨意　想起生锈的铁　我只能沉默
当我正要离开那块生锈的铁时　一位老人走过来
他的脸上泛起了灰色的笑容　难道那块锈铁的后面
还有不可告人的秘密　其实许多事物无须说破
欲望的树在秋天摇动着枯萎的手　从远处
飘来的钟声已经说明一切　铁的命运有时候
就像人的命运一样惨淡　只能默默地忍受　或者……

2007 年 10 月 3 日

黄桷树与老人

黄桷树是属于郫江古镇的　在我的眼里　它就是
与生俱来的神　如果说有人不信　那就去郫江
看看白天撑起太阳　夜晚挂着月亮的黄桷树吧
我去郫江的那天　几个长满胡须的老人坐在树下
摇着蒲扇　酽茶下肚后　一连串的传说故事
就从没几颗牙的嘴里蹦了出来　而且有板有眼
群鸟也在树上叫过不停　老人们说累了　群鸟
不知飞往哪里　我知道群鸟的命运在天空
但我不知道群鸟在哪里　树下的老人也无法告诉我
郫江的黄桷树还在长高　从容得让人难以攀登
我用还没有愈合伤口的手　触摸一下它的皮肤
一种幻想由此而生　我变成一只没有翅膀的鸟
在命运的天空里　我随时都可能坠落　其实我多么
想飞翔　我是一只比鸿毛还轻的鸟儿　因为没有翅膀
就无法飞　没有翅膀的鸟只能惊叫或歌唱
我知道郫江的黄桷树生机勃勃　蓝天一般的纯度
令人陶醉　老人们坐在树下谈天道地　而我要说
这里从古到今都该是自由之极地　甚至连牛羊
还有猫狗都是自由的精灵　而我惊奇地看见
群鸟向往的天空　也在老人们的传说里开满鲜花
在郫江站在黄桷树下　往西看没有尽头　往东看
也没有尽头　群鸟飞走了又回到树上　我默默地想

这黄桷树不知迷惑过多少人　温暖过多少心
阳光照耀着黄桷树　幽幽的芳香显得真实
那些不愿离去的老人看着陌生的我　摸摸胡须
不知在说些什么　突然的一声咳嗽　刺穿了
我的记忆　夜晚　黄桷树上挂着月亮　我们
像李白一样喜欢月亮　老人告诉我　世界上
最美的享受就是在夜里欣赏透明如玉的月亮

2007 年 8 月

回到村庄

回到村庄　隔壁的嫂子正在地里挖红薯　汗珠
挂在她的脸上　我的村庄没有怎么变　满目苍凉
只是多了一座冒着黑烟的水泥厂　还有就是土不土
洋不洋的居民房　贫穷的骨头就露在外面
麦草和玉米秆堆在房后　田野空空荡荡　看不见
童年的羊群　炊烟和牛　我是多么的伤感
我的村庄早成空谷　身强力壮的男人们　女人们
已舍弃家园去都市里淘金　田野杂草丛生　只有
老人和孩子还守着村里破败的栅栏　默不作声的我
只能含满泪水　还有就是写下这些悲凄的诗句
我的村庄为什么会如此荒芜呢　老人揪心的冷漠
和满眼的痛楚让我更加悲伤　我蜷缩在城市的角落
写出像冷日一样的诗篇　思想的天空一片苍白
这年头　令我伤感的东西太多　难道说
我就是一个伤感主义者吗　其实我多么期盼那些
飞走的群鸟们重新回到我的村庄筑巢　安家
和歌唱　与村庄里的父老乡亲一道　建设着我们共同
理想中的乌托邦　别让我的歌喉再吐鲜血

2007 年 9 月

一幢旧楼房的断想

城市中央有一幢已经破旧的楼房　我在
这里站着　沉默着　风如泣如诉地说
死去的是不该死的我　活着的是不应活着的你
这时候　我仍然站在这里沉默
一堵墙的阳光令人反常　谁可以用平静的心
打击无可奉告的季节　天空很蓝很高
偶尔有云霞飘过街道　树木落尽叶子
我如落尽叶子的树木突出的站在这里
气度独特　站在没有阳光的世界

记得我内心的伤口上绽开过自由的花朵
一个幻影无处不在　幻影始终尾随于我
那里有我出现　那里就会有幻影出现
这幻影真讨厌得令人可爱　无比动人

许多行路的人也会站在这里　他们并没有
沉默　他们看看蓝天　他们透透空气
他们什么也没有留下　就这样离开了这里
在他们离开这里不久　突然旧楼倒塌
飞扬的尘土中蚊虫纷纷的逃命　而这时我才
猛然醒悟过来　我居住的国度将有更多的高楼
和大厦在倒塌中崛起　这倒塌的旧楼

其实它的根基早已腐朽　只是我们茫然无知
才这样惊奇地站在这里沉思　默想

1991 年 7 月 10 日写于绵阳东河坝

残存的封火墙

岁月如歌　无论怎样残缺　你还是封火的墙
连接着天和地　如有力的手臂挽着群山
你东边的宜君山　西边的火烽山和望君山　还有
西北的凤凰山　东北的老君山和北边的云台山
都在呼唤人之灵魂　我已在古老的郧江等待很久
模模糊糊的记忆留在心灵深处　甚至连伸向
你的每一条小路都没有了阴影　血痕斑斑的黄桷树
它的皮肉　并没有离开树干　我是可怜的陌生人
我相信你残缺得光荣和圣洁　那些独行的马匹
飞奔在历的记忆中　是多么的闪亮
我用苍白的手把你四周青藤折弯　被压断的枝条
刺破手指　鲜血滴落在黄土上　最强烈的渴望
是生命　我何时才能到达理想的村庄　站在你面前
我束手无策　是你把太阳的光芒交给泥土和石头
在望不见天际的村庄的另一端　我深一脚浅一脚
追寻着古人留存的秘密　那些和古老的传说有关
虽然岁月已久　但远古有些玩意儿无法改变我
人性的另一面　我如此体面地面对你时　体内
真的像跑进一头猛兽　狂躁不安　肆无忌惮地
想和你比高低　毫无隐瞒地说　我算哪把茶壶

2007 年 8 月

賨人谷手札

站在绵绵的秋雨中　我想到岁月的降霜和积雪
无须去深想这里的奇山　幽洞　涌泉　怪石与飞瀑
洒在我头上的秋雨像热血　把我压成另一种生活

时间覆盖着生锈的信念　有时候我把绝望当成喜剧
曾经有过的　曾经期待的都不重要　还有入骨的忧伤
犹如闪耀的亮光闪现在黑夜　意味着微不足道

望着幽暗的水波　我不去深想　留在此地的哀歌
但我记得有人说过　野玫瑰曾在这里开得美丽　鲜艳
如今在过客面前　賨人谷被一片雨雾笼罩着

我不知道自己为什么愁闷　是为爱的冷漠而苦恼吗
也许噪音的制造者将更加敏感地安稳于现状　而谁
又在一个人的内心深处去赞颂爱的永恒……

2015 年 10 月 26 日夜写于渠县

宕渠呷酒

高粱的灵魂被透明的醇香淹没着　我不是因你而来
就是你将所有的季节酝酿成唯一的甜蜜　也不可能
招来我　望着窗外忽明忽暗的灯火　我咀嚼你的故事
和你的民谣　也想起来那些被你放倒的男人　女人

秋风秋雨扑面而来　你带着乡间的泥土本色把我灌醉
我黑白颠倒　连一点号叫的欲望也没有　但愿我不会
成为别人的祭品　在充满哀伤和怨恨的岁月
只有你　也只能有你才是理解和痴爱我的唯一……

　　　　　　2015 年 10 月 26 日夜写于渠县

白马夜歌

白马山寨里　　水的轮廓和血的轮廓
是月亮的心脏　　夜空的流星如此溢出
我的思绪有时勃起　　有时也被陷阱牵绊

难道是诗歌旧了吗　　生活的日子就要换上新装
无论在锅庄起舞的篝火旁或在品赏青稞咂酒的火塘边
我们装模作样的姿势变得锈迹斑斑　　是白马姑娘的歌声
把古老山寨的夜空撕破　　谁在用爱情触摸我的伤痛

渴望的事物在黑夜深处哑口无言　　关于死亡的主题
正在损害着我的目光　　什么东西让我一无所知
我怀着最深的爱沉默不语　　看见月亮就想起诗仙李白

唯有水晶般的雪会在将来用残酷的温柔分裂我
也许我会在愤怒中看清天使居住过的地方也是地狱
我面色凝重的脸上绽放出冰冷的河流　　月光
和白马姑娘的歌声还在继续　　只有思念与我同床共眠

2013 年 11 月 3 日写于平武白马

不会沉默的阿邦

当我的意识充满觉醒　那些失眠者和他们的灵魂
徘徊于这里幽暗或又明亮的芭蕉林　我自由靠近
一棵古树　抵达怪异的灼热　野花遍地的傣家村落
渴望的不是燃烧的愤怒　而是美与丑对比后的平静

面对滚滚不息的红河　我永远在低处被神灵呼唤
谁在犹豫中怀疑什么呢　那些苍白的面孔显得更加虚无
仿佛我行走在你散淡的山水间　发烫的雨滴
落满我懦弱的身体　我知道你并不介意时光随波逐流

阿邦　我相信你不会沉默　不会虚伪地夸耀自己
一无所知的我看见了你空间的自由　和充满富有的生活

2017 年 6 月 28 日晚写于个旧

寻找当年丢失的花狗

它是条有欲望的公狗　看起来觉得野性
其实它非常人性　理解主人　守门绝对是一把好手
饥饿的日子　它来到我们家　从此与我就成为兄弟
有时我真的觉得它不是狗　我痛苦的时候
它的眼泪比我的泪水还先流出来　这家伙真是
替我感伤　可以说忧郁　或者痛苦到了极点
那苍凉的孤寂中　只有泪水能说明一切
而那年月　我最怕的就是人　牛和狗的泪水
数不清的日子里　我的内心深处只有寒冷
春天对我来说只是一种幻觉　后来我才知道真相
我家丢失的那条大花狗是被人用诱饵骗去打死的
据说那些人吃了它的肉连骨头都没有吐　我多次
回到乡下还在寻找着它的影子　想起来也可笑
我在城里生活多年　也看见过国内外许多种品相的狗
可总觉得　它们没有狗本身的本来面目
我每次回到乡下　都要沿着大花狗
丢失的方向走很长的路　我是在想
它的影子是否能出现　可是每次都令我失望

2007 年 10 月 4 日写于石马

在苍溪的夜晚

穿过暮色的丘陵　穿过黑暗的隧洞时
我的梦没有在嘉陵江上游苍溪的黑夜迷失方向
也许我的心漫游在只有自己才懂的音乐里
梦里的另一端　是否是她穿着长摆新衣的身影
我茫然被梦惊醒　忧伤而又无法看清她的面容

窗外　嘉陵江水在黑暗的夜里流动　她披肩的长发
呈现另一个春天的来临　谁无休止的心烦意乱
甚至把整个夜晚触摸得苍白　此刻谁能告诉我
什么果实充满甜蜜和黑暗　而我还有足够的耐心吗
忧伤缠绕着我　就像缠绕着一个无法改变的地球

苍溪的景色如斯　但我不会去记忆九龙山的铁甲松
不去想那里的豹　金雕　猕猴　大灵猫和梅花鹿
黄昏　我离开时已经不知所措　意识更糟
令人惊异的是我被梦惊醒后什么都不去深想　回味
但我闭上眼睛时看清了富乐山下明亮的月光

2015 年 2 月 13 日凌晨

城市里的一棵树

听见敲门的声音　体会纯粹的黑暗
颤抖的心弦在一种熏陶中静坐
和阳光一起光芒四射
我们在多雨的季节里注视升腾的鸟
而窗外的暮色总是涂抹着所有的事物
活得并不快活　你无所不在此地
晚风的浪波涌过所有的街道

多舌多嘴的妇人　总是
在不停地谈论着我　语言打破沉默
我痛苦的心是我的一个秘密
没有谁知道我要走出城的动机
这疯狂的春天衬托着　情思不断
悲伤的风景如此夺目诱人
而你仍在黎明的冷风中挺立

我伸出手指　触摸感伤的眼泪时
孩童在纸上画出一只飞鸟投向天空
不管谁的感受是否冷淡　而你的存生
永远是一个孤独的身影　此时此刻
我不再问自己为什么活着　不动声色
心中的一棵树已经开始枯黄

而且一次又一次被别人折断枝条

冷却的空气中　思绪无所没有
而我只想对你倾诉一点思念
不知为什么　妇人的嘴或眼睛不再
注视着我　我的飞翅越过高楼重重
城市里的一棵树　你没有封闭黎明
你拥有自己的一片黑色阳光
你的自由与价值就在于你存在在自己的其中

1991 年 4 月 20 日写于东河坝

站在村口的铁匠

村庄里的田地荒芜　铁匠铺里没有打镰刀的人
炉膛的火早已熄灭　那些收割稻谷的人不知在何处
不知姓名的铁匠　从小镇的街头走到街尾
像一团火焰站在村口　路过此地的人浑身滚烫
站在村口的铁匠　其实他已经失业　他是
光芒万丈地燃烧过　他的灵魂一次次被锻打
割舍　然后让人取走　留在铁墩上的只有伤口
仿佛是沉默的深度把他的忧伤掩盖起来　我用
失血过多的眼睛看见站在村口的铁匠　茫然和孤独
就像一条狗疯狂地缠着我　所有的事物擦肩而过
那个铁匠比我还苍老　掉了自己的白发　掉了牙齿
和还没有想完的心事　而他所面临的生存选择
又是什么呢　也许他的身体里还藏着最硬的铁
我回到乡下　凭借一点点光亮　把内心的黑暗抽空
不会像站在村口的铁匠那样丧失得太多　也许
我们各自的立场不太一样　我还是带着最初的梦境
走近他　矛盾和虚幻当然存在　那位铁匠站得比我高

2007 年 10 月 5 日

种海棠花的人

也许他觉得自己一生的付出都很光荣　不然的话
他为什么会选择种植海棠花呢　其实我早就看见
在路旁　在他家房屋的周围　他种的红海棠
白海棠比村庄所有的花朵更加亮丽　风光
不呵　我分明看见一场春雨正在洗刷着耻辱

那个种植海棠花的人　他倾向把雨露阳光
种植在别人忧伤的心田　表情若有若无
没有止境的逻辑被谁盗走后　我开始怀疑
许多人的心空悬着　海棠树下的石头挺立　沉默
那些飞走又飞回的鸟们是否认识方向　我在想
一种植物的命运和一个人的命运大体是一致的
总得有一种存在的理由去支配他（它）　否则
我们就会老化　就会倒退到原始之初

我记得那个种植海棠花的人　他喜欢给每一棵海棠
起一个非常诗意的名字　那些有了名字的海棠
就像他的孩子一样　正爱着这个春天
我真的无法用花朵的语言来暗示这样的季节
谁在与斑驳的往事相遇　种植海棠的人　你能
满足一朵花开的光阴吗　我不能　真的不能……

2009 年 2 月 28 日写于郫县海棠诗会

五井村

原谅我无止境的想来这里呼吸新鲜而又芳香的空气
穿过弯弯曲曲的路　竹林和苦楝树被秋风吹拂
几只山羊在田埂上啃着快要干枯的草　无数只鸭子
在被镰刀放倒的稻田寻食　我几乎不再关心什么
跟在身后飞舞的蝴蝶　望着我发呆的两条大黄狗
我都不会去关心它们　是废墟上燃烧的野火
正修正天空的束缚　望着移动的云　我是多么的自由

国家的地图册上没有你的位置　你的确太渺小
而我却说你是人类最富有的处女地　孕育出我的真爱
站在她出生的屋前　宁静的心是多么的疼痛
是菜架上苦瓜　冬瓜的残藤让我不知所措　咬着嘴唇
像幽灵一样的我徘徊在杂草丛生的田野　是谁
冷漠而又残忍　我该怎样安慰我的痛苦　疯狂
而又平静的渠江流水能否为我指点迷津　让我幸福永远

2015 年 10 月 28 日凌晨写于渠县

第三辑

别把哀伤留在五月

五月的咏叹

顺着那片翻滚的麦浪进入安县茶坪　我看见道路两边
都是些越来越多的破碎　赶牛的老汉告诉我
五月是抢收抢种的好季节　我从他充血的眼睛已经知道
去年的地震夺去他老伴和三岁孙子的生命　那些山峦会忏悔吗
在铺满血色的黄土上　我看见石头的泪水早已流干
我想说　从前的茶坪是多么的美丽和多么的安静
任朵朵白云和山那边北川羌笛声飘了过来　山里人
从不缺少什么　一棵树　一块石头　一个人和一粒种子

我透过丛林　望见一户已经修好的农家小院　这木屋
充满和气的表情　更适合山里人青梅煮酒　我真的
希望山里人的生活像锦绣一样圆满　完整　年复一年
在这里　我还闻到燃烧麦田散发出疲惫的气味
当思念的雀鸟从开满山花的树林里飞出　它歌唱一样的
叫声撕裂我悲痛中的噩梦　于是我的浑身都是阳光

谁在五月的黄昏吹奏岁月的箫　山里人酸酸甜甜的日子
从蹉跎的竹孔流出来　有人说　时代是一首恋歌
吹箫人在这山里哽咽着西风　而听箫的人却把自己听成夕阳
当所有的亡魂如迁徙的羊群在山脚下小河饮水时
我独忍着干渴　不是上苍所有的信仰都笼罩着白云
如今我看到的山村之美只不过是一念之差　谁的血管

奔流的不是血液　我们为什么不把自己反省得体无完肤
现在更多的山里人不仅需要房屋的修建　更需要的是信心
和精神的建设　那些初夏的蝉叫已经没有太多的忧伤
而我一颗苍老得太多的心依然在怀念着什么　山里人的路

五月　山里人忙着割麦　栽秧　羊群在山坡上慢慢地咀嚼
当我自己写出平庸的诗句时　宽恕和落日早已不知去向
我在五月的夜晚想起李白　夜半三更　我只能把精神的酒杯
举向明月　其实　我对现实中的一切都很怀疑
但并不绝望　因为我知道　那个从外地打工回到山村的人
他从废墟中挖出的那把镰刀和锄头已经磨得闪闪发亮

2009 年 3 月 16 日

去平武的路上

敏感的神经　感应了许多
事物种植在汽车的两边
甚至种进我深深的沉默之中
鸟儿不敢在那里歌唱
夏天怎么冷得会与冬天无异呢
生命分裂　一种哀伤加厚内部的阴影
我的手指摇动着风　树叶
从空中落下来　我突然空空荡荡地
站在路的中央跳着古老的舞蹈
这时　风雨几乎已经停止

道路的青春是宽阔　平武的路
通向天堂　通向光芒的王国
而斑驳的树皮离裂开的树干很远
就象太阳的目光伸向月亮一样
永远自由地充满永恒的希望生命

穿越丛林深处　前行的路被乱石
和泥泞堵住　临近古城①的黄昏时刻
雨滴时续时停　可怕的灾难
在涪江里又掀起黑浪　所有受伤的灵魂
呼唤上帝　我沉思在雨夜

我的心在白草②不能平静地哭泣
就在那里　虽然是黑夜　但我
已经知道自己是最陌生的人
我问我说　我曾是谁

雨夜使我的头脑变得简单
一枝孤独的黄玫瑰如此热烈
而我却没有感觉到她的存在
黄玫瑰或许与雨夜在一起等待着什么
或许在坚守着一种精神　一生一世
我孤独的生涯也倾注一种等待着
但我现在还是被世界冷落着
许多人和我一样　在默默地追求

面对去平武的路　如同面对自己
平武的路每天都在加宽
而我呢　是否每天都有所收获

　　　　　　　　1992 年 8 月 12 日写于平武

注：①古城，为平武的一个区镇。
②白草，为平武县的一个乡镇。

我在李家湾看见一棵向日葵

夏天才来不久　北川陈家坝李家湾的山体被震垮
村里所有的农户埋在黄土下　从县城废墟里
爬出的村主任站在村口号啕大哭　……苍天呵　我们
山里人没有惹你　为什么不给我们留一条活路

几天后　我在李家湾看见一棵向日葵正从让石头
压倒的香樟树旁长出　这生命的花朵如此孤独
她让我忧伤　让我沉默　让我想起许多往事
我不在意地发现　打她身边走过的志愿者会突然回来
看见渴望生长的花朵　就毫不思索地从身上取出矿泉水
给沾满泪水的那棵向日葵喝上一口　再喝一口

也许是这样　李家湾夏日的早晨也有缕缕阳光
穿越什么　穿越哭泣的荞麦花　穿越等待收割的矮麦
或者穿越整个无边无际的夏天　而我看见的那棵向日葵
她历尽悲欢离合　她是这个世界独一无二的生命之花

山川多么苍茫　一切中的一切都将归于沉寂
而那棵　没有被压倒的向日葵一望无际的孤独　她身边的绿草
凋零　树木低语　一场突如其来的噩梦比寒冬更冷
微风吹过李家湾的旷野　我知道那棵孤独的向日葵
一直都固守在那块伤痕累累的山地　即使她让

深重的黑暗包围　她的品质不会改变　因她是向太阳的花朵

一阵秋风吹起　那个骂天骂地的村主任率领外出打工
归来的乡亲　又开始重新修建房屋　这不　他把自己
亲手栽的那棵大槐树给砍了　送给孤苦老人高北川盖房屋
做了大梁　他缺腿的老婆夸他做得对　当着众人亲了他一口

在几十里之外的深秋　那棵向日葵的粒儿已经饱满
她深深埋下头　让作为过客的我莫名其妙地感到一种疼
藏在内心深处　也许是劫后的村庄扎疼我的胸膛
才使我这样如此剧烈的咳嗽　然而　我想告诉世界
我脚下这块受伤的黄土不仅能长出向日葵　还能长出
玉米　土豆和矮麦　我说这块黄土地比大海还要博大神秘

2008 年 11 月 19 日

给少女刘晓芳

我站在乱石横道的寨子沉思
一只乌鸦站在没有结出果子的树上
山民们说　才十七岁的少女刘晓芳
在 1992 年 7 月 27 日凌晨 5 时　就是
从这里被洪水卷走　灾难啊

刘晓芳　当黑色的乌鸦盘旋
在天空时　死神已经呼唤着你
你唱出的歌谣象山泉一样的清冽
没有血泪　山里的树木那么葱郁
而我只不过是会说话的木头和石头
我的痛苦　象苦难的流浪汉

当你的脚步轻轻地踏过弯曲的路
和踏过古老的传说　我的面孔
无言地俯视着愚蠢导致的黑暗
灾难不会使人们倒下　这些象征的意义
与真理之镜象太阳的光芒
照耀着沉默的脸　就象悲歌
已经降临　我觉得你才是这个世界上
最完美的事物　鸟儿不再走进夜色

谁也不能把我的诗情软化　面对河水
布满传说的你使我出神　我从任何一个角度
都能看见你目光般的眼睛在渴求的笑
啊　刘晓芳　实际你已经死了　也就是说你
见到了上帝　见到了马克思

你的身体象你的死一样圣洁　山民们
把你埋在麻山下　那只惊叫的乌鸦
飞得无影无踪　我的沉默如歌
忍受的最后是斗争　足够流落他乡的鸟
怀念起黑夜的背面　粮食与水的关系
都无法馈赠我的一生或一生中的核心

从那以后　我灵魂深处驻扎一把生锈的刀
黄昏的呼唤里　我的泪水滴进夕阳
刘晓芳　我仿佛从你没有合上的眼睛里
看见了大海　还有一种眩晕的感觉

1992 年 8 月 4 日写于平武

别把哀伤留在五月

山村需要一场透彻的暴风雨　　那些比石头的牛角尖
还要光滑的是山里人的脸　　这里的村庄又从废墟上
站立起来　　斑鸠和布谷鸟又开始出没在白天与黑夜
是谁在夜晚深居简出　　喝起香甜的咂酒跳起萨郎
草丛里的虫鸣和白花花的月光让人感到有一种说不清的神秘
于是我想起饥饿的羊群在乱石堆上啃食着草　　不呵
那饥饿的羊群分明是在啃食着山里人的精神
和领悟生存的全部含义　　并对受惊的生命昂首挺胸

某个夜晚　　我反复梦见一场大雪覆盖着村庄　　我已经记不起
是桃花还是李花　　成片的树林长在青青的山坡上　　已经
记不起传说中的羌寨是谁用沉默多年的口弦奏响山里人的自由
其实沙沙的风早就胸有成竹的跳起舞蹈　　在五月的每一个黄昏
有飞来飞去的蝴蝶引诱着我　　是阳光在温暖地铺就迷途吗
那些语言词汇的光芒深处埋伏着马蹄声　　我蹑手蹑脚地走在路上
我想说　　如今的山村变了　　别再把哀伤留在五月……

2010 年 3 月 1 日

玉簪花

在雨后的时间河流　灵魂多么苍白
黑色的乌鸦无法与你融为一体
天空里没有声音的鸟总闯入我的眼睛
各种各样的事物并不神秘
从开始到现在　没有比你更洁白的植物能
和你相比　你伸向天外的手掌如海
或许这就是一个男人的渴念之情
与我同行的阿贝尔却很空虚
而谁仿佛正在我的脑中
没有火焰的火焰在内部令人心惊胆战

你的影子如雪如初　记忆的深处
谁在顶点把我凹陷的眼睛挡住
树木进入巢穴　山民们出山了
那些落日的爱慕者恰似无家可归的鸟
我想　这次出门是否带着情人的祝愿
好象我一丝不动地伫立在梦的异乡
怎样从头到尾预测明天的气候
无垠的巨手　不过不要伸向荒凉
我的孩子还没有长大　他正漫溢于童年
他需要的是宁静和充满健康的气息

梦幻者　歌手呼唤太阳的飞鸟
突出地站在地面　是否要唤起我心中的梦
我的倾诉如明亮的幻景在丛林间消逝着
就这难免的误伤　使苍天动了肝火
而事实又能说明什么呢　只有我的沉默
充满男子汉的自豪　时间的脚步在回响
巨大的云朵这时在靠近我　心潮在空中起伏
为何那不朽的生命里又满怀新的悲伤
雪白的手掌如同雪白的祈祷在喧嚣
粗野的爱情赤裸着土地一样诚实的灵魂

不信邪的玉簪花　你能勇敢地面对什么
在山民的凄凉的音乐里　你是否在呼唤
另一个春天的来临　告诉我吧
玉
簪
花

1992 年 8 月 15 日写于平武

雨中蝴蝶

梦境一样幽深的空寂如荒漠
在北川苦竹坝　一只雪白的蝴蝶
穿过群山的深谷　无声无息地滑行
雨中　它的双翅如春雪在微风中颤抖
它带着沉默从我眼前掠过之后
所有的面孔都成为一个面孔
难道我也要闭着眼睛在黑暗里
去寻找上帝的秘密吗　谁能说
他们没戴面具　抽象是一种行为
哦　雨中的蝴蝶穿过火焰
它的死亡在生命中继续　如一株
植物穿过石头　它的举止坚持在它的身上
随着江水的流动　我看见乌云
又慢慢临近于它　可它仍沿着阴暗的宁静
而优雅地穿越　在天空动作缓慢
现在　许多的人都在为这场水灾落泪
我的内心也落出了泪水　冷冷的月光
暗淡地照在脸上　我毫无表情
看着仍抬起头的树丛　这时候
我想起一位在水灾死去的少女
她的死是一次永远的告别　她不肯
合上的眼睛诉说着临终的话

……灾魔　别夺去我手中的课本呀

我独坐在乱石上　雨中蝴蝶亮出

伤口　江水无法平静下来　如诗人的心

只有阳光能召唤闪亮的花朵　然而

在江水与江岸朦胧不清时　我向往蓝天

我知道雨中蝴蝶正渴念乐园里的幽香

也许这是我的一种预言　我并不

悲叹　我已经沉入苍老的界域

当一切都变得模模糊糊的时候

雨中蝴蝶　你是否在悲叹你自己呢

1992 年 8 月 18 日写于北川

吉娜羌寨的口弦

夜晚　在宁静的吉娜羌寨　悦耳的口弦声
吞没我眼前的黑暗　夏日的羌寨凉爽宜人
就如那羊角花开在寨子四面的山坡　也许
有人会忧伤地回忆起这里震后的废墟　而
清凉的微风吹来　是否探问我的魂魄何在或擦去泪水

动人的旋律一直在我的耳边回响　我那颗有着太多痛苦的心
随着夜空的星光穿透所有的哀叹　新的希望如同羊角花
开满曾经有过伤痛的山岩　突然　我从奏响的口弦中
看见羌人坚硬的骨头和一片生机蓬勃的希望

这里的口弦像这里的姑娘一样有着独特的魅力　而那些
恰如其分的表达根本无法追赶她（它）们上升的速度
无能的我　只有从爬满月光的树的枝丫里亲近甘甜
吉娜羌寨绝对是来过就不能忘怀的地方　我每路过这里
就会多一份牵挂　也许是那种说不出的爱让我疼痛

还是在那夜晚　奏响的口弦乱了我的心　此时我用尽
所有的言辞也不够用来表达口弦的气度　我不知道
自己为什么会在那个夜晚走进美丽的寨子去亲近动人的口弦
……月色和星光渐渐隐退　群山深处的山寨如玫瑰

2010 年 3 月 3 日

竹林里的空鸟巢

我们在这里站了很久　仰望竹林里的空鸟巢
分明是看见朴素的日子和正在飞期的春天
海蓝色的天空就像洁白的诗篇　几乎
已经很久　我没有看见过一只飞鸟在这里停留
竹林里的空鸟巢仍是空空如也　在天空的背后
我发现多年的不安和恐惧已经破碎

太阳西沉　我们在竹林下谈论天气　也谈论
城市里的树木和草的生长　几只鸟远去了
整个天空都在飞翔　地平线背负着万物
潜入黄昏　我久久地站在那里沉思默想
然后　用我的诗行敲击着地球　我硕大的骨骸
深陷在我自己的帝国里　我将变成黑暗

黑暗的中央　无数只蝙蝠撕下夜幕的碎片
它们忧郁　它们在刺激着我　而我的存在或许就是
虚无的泡沫　如今这年头是什么在泛滥　流行
那空荡荡的鸟巢是否装的都是世纪的啜泣
我甚至不敢深想得太多　因为人世间有多少凄美
被狂风吹散　有多少悲欢随大江流逝

应和着季节的节拍　我将自己狂躁而又不安的心灵

深藏起来　这时我只是一个有着一双肉眼的观察者
几乎不能发现什么　面对竹林里的空鸟巢　和面对
苍白的世界一样　我什么都不去深想　我只觉得
自己应该在竹林下和友人同用一只铜壶　泡一壶
绿茶　然后翻山越岭地谈天道地　然后沉默
飞走的鸟就像一些破碎的往事　我们永远
难以猜测它们的去处　我几乎是带着几分陌生
在伤感地怀想着不知去向的鸟　它还能飞去多久
这怀想的过程中　春天真的太短了　哪里又是
我的灵魂的巢穴呢　我在现实里无法将黑暗
掀翻　我只是一只不是鸟的侯鸟　我只能用诗歌歌唱

和所有的飞鸟有所不同　我的自由之鸟被谁夺走
我再次举目仰望竹林里空鸟巢时　有一群孩子的影子
在空中跳跃　他们仿佛是来自地狱的天使　这时
整个天空都在飞翔　我终于明白　诗人就像黑色乌鸦
他活着时　是黑暗的一生　他死去时　却也是
一生的黑暗　我的道路又黑又长　漫无尽头……

2000 年 3 月 13 日写于沈家村

第四辑

东西南北咏叹

八月柴达木

云朵飘浮　一只扑面而来的苍鹰将云朵压低
仿佛一切都送进裂开的深渊　谁在夏日想着秋天
在古老的柴达木　我越过山谷眺望明月倾泻的光辉
我是否从这里走到丝绸的沙漠　穿越山脉
去追赶我心中的格萨尔王　去抵挡一阵阵风暴

柴达木宽阔的旷野上有许多难以忘怀的风景
和嘶鸣中奔跑的马蹄　我在柴达木行走如此缓慢
就像拖着我过去多年的旧时光　置身于迷茫
是青藏高原上的一阵风拍打着我内心的疲惫　擦干
我满眼的泪水　让我有足够的时间回到自身
在柴达木　我咀嚼着这里的阳光和月光
梦幻的羊群　石头　和村庄里的炊烟
是夏日的风让我把难以言说的心事倾诉给你

野狼在疯狂的嘶叫　而我内心的阴影早已烟消云散
我只是一个柴达木的过客　可我对柴达木的依恋
还深陷在她的灵魂深处　我实在别无选择

2014 年 7 月 23 日写于海西州

钟声里的钟声

——读画家戴卫先生的国画《钟声》

在这些苍白的面孔上　一种钟声之外的钟声纷纷
将树木悄悄地折断　事物穿过画廊
无言可告的佝偻的青春之树被血淋淋的舌头压弯
告诉我　谁在黑暗深处使树根枯死
我从黑夜逃跑出来　站在疯狂的暴风雨中
花朵开放的力量和跳蚤跳跃的力量催动我红色的血流
喧哗的语言这时使水域干涸　告诉我吧
钟声　制造悲剧的黑手藏在何处
我在停电的夜里寻找着光明　一群肮脏的孩子
躲进我的脑子洗手净身　那五光十色的梦幻荡漾着
我狂热的爱情里也有一种钟声在缓缓响起

不知道在什么时候　我伸出的手却又缩了回来
在一片雪白的沙漠中我开始沉默了　顺着鸟的影子
爬行　我几乎听见了魔鬼的声息在呼吸
一阵冷风吹来　我看见开满白花的树开始深刻起来
沉甸甸的乌云压迫着土地　粗粝的草茎上
鸟儿仍啾啾的尖叫声在栖息　我觉得
远方密林的边缘　父辈们踩着泥巴和雨水
他们在黑夜里寻找食物　他们是他们自己的地狱
我站在没有月光的夜空下　听到每个细胞
有恶神在啜泣　仿佛我的手如沉重的钟声划过黑暗

然后停泊在我没有凝结血液的大脑里
我充血的眼睛一动不动　死神侧身而过

我们从噩梦中醒来　那沉重的钟声像强烈的阳光
一样刺人地打击着我　我用无色的手抚摸着世界
苦难在生命的边缘游荡　告诉我啊　那一阵沉雄的
轰击是否能敲响沉默着的石头和惊醒昏睡的人
时间的嘴唇凝结血液　爱情的泪水滴下
可是谁来抚慰我内心的伤痛呢　钟声之外
或钟声之内　我无法告诉你一个天气里的风向
白昼用七色彩羽打扮起来　不朽的太阳围住我们
我们决不会像风一样地消逝　信仰被野兽一般的
邪恶刺穿之后　在魔鬼伸出黑手的时候
在我最深沉的梦幻里　就是那醒着的钟声吗

　　　　1991 年 7 月 28 日—7 月日 31 日写于成都

回忆中的雪地

在雪地　雪指向雪　寒风吹过家园或城市
谁的多皱的额头又重叠在谁的手上　雕像涉足
梦河　阴影踏碎黑暗中的桥　我们穿过雪的本身
天空和孩子们的满脸泪水在闪闪发亮地颤抖
鸦群舞开深冬的沉闷　在时间和光芒的顶端
虚掩着的门旁　守门老人还没有睡醒
在雪地　雪指出雪的时候　我们脱掉外衣甚至内衣
面对无言语的雪　我们裸露出我们全部肉体
那些遍地怒放的花朵却似花非花　在目光的背后
灿烂过去　而我们在其中却又能看见一些什么呢
一生的痛苦又被河流的起伏掀动着　我所
行走的雪地空无一人　纯粹的鸟纷纷逃向森林

谁能告诉我雪为什么由紫变蓝　刀锋为什么
渴饮鲜血　烛泪忍不住的冷颤打击着寒夜
镜中的梦境怎么这般朦胧　在雪地雪指向雪的时候
预言和丑恶一起生长　我所居住的城市
呈现出一种崇高的哲学　隐伏在黑暗中的物质不朽
空空的枯树上结满黑色的乌鸦　我没有想到
思想会毁灭一切　我们在雪地里逃亡着
发生在身边的死亡令人悲恸　还有什么比死神可怕
手掌和所有的悲剧都为一种意志而献身

可怜的孩子们　这都是命运　我们无法逃离
现在的时间已经不多了　我们的目光　停留在陌生的词汇
与陌生的词汇之间　成为一种看不见的精神沙漠

寒风从雪地吹来　在一切不是毁灭的毁灭中
灵魂的空洞更令人吃惊　这时我怀抱着火焰歌唱
我不断地想起我们的形象高于天空　那条反扣
在江边的船以它不变的姿势凝视被冻结在时间里的江水
存在与存在还有什么意义　无形的手掌覆盖雪地
世纪里最初的播种将伤于自己的麦芒　一种
黑色的印象被红色的离愁所吞没　灵魂拧开
我的皮肤　我在饥饿的忍受中接近苍老
抛进雪地　神秘的圣徒之手划破玻璃　我所在门缝里
看见的面孔是否已被人遗忘
雪在雪地里指向雪　而我
回忆中的一场雪　只是悲剧中的一幕

　　　　　　　　1991 年 8 月 26 日写于东河坝

翠湖北路上的午餐
—— 致雷平阳

第一次到昆明　穿过西南联大的旧址我无可救药
就像今天在飞机上的那个白日梦　恍恍惚惚而又温暖
也许是天桥上的风吹薄了我的泪水　灵魂才会复苏

我是否在盛夏的腐烂气息里有些疲倦　更多的时候
花朵的尖锐　让我坚守无法言说的挣扎　个人的痛
和众多人的痛有时是完全不一样的　比如你我的情史

我们都是热爱诗歌的信徒　一对可靠的酒鬼　有时疯狂
有时傲慢　经常被别人灌得死去活来　无所事事
在一群又一群人群中狂饮和孤独　有时还在马路上撒尿

就我们两人的午餐　你叫来四菜一汤和一斤烧酒
你却端起白开水和我碰杯　你说你喝废了
一两个月都没端白酒杯啦　还说明天一早要飞武汉

酒这东西有时不是好东西　我一直都有些害怕　摸着
良心说　我又离不了酒　就像活着的人离不开死亡
我在昆明怀揣黑色的酒瓶　反射的火焰让你没有轮廓

2017 年 6 月 23 日下午写于昆明西南联大旧址

最初的界域

无论是谁在过去蹂躏过我　可以这样说
我不在乎一切　陈腐的事物刺痛我的眼睛
落日像苹果一样鲜红　我目睹了一切的黑暗
在腐朽火光闪烁中我学会忍受
我的诗歌是季节的河流　深刻而又忧伤
寂静的果实里　花朵已走得很远
在辗转如云的岁月里　泪水调剂着生活的口味
而我无法摆脱的痛苦中回响起颤抖的声音
谁的心中灌满来世的话语　一只无处可归的鸟
犹如黑暗深处的我　到处寻求着光明

那个死去多年的偶像冷不防地站在我的对面
巨大的面具自撑起失恋者的黄昏
在岁月的深处　一次重大的失误伴我终身的欲火
谁支配谁呢　在即将坍塌的群楼中
我无法涉过死亡的雷区　冷冰冰的月光打击过来
使我感到世界如此的寒冷　所以我无话可说
一条深刻的道路出现在眼前　我用失血过多的手
敲打昏沉的头颅　我洞察过罪恶的繁殖
那盲目的意识中我们又将期待着什么
月亮在反复的时间里重复自己的外貌
一种声音传来　那些浮现在心灵的忧郁

比道路走得更远　迷惑之中　我的欲望
步入无声地带　而此时我的呼吸渐弱

可悲啊　有时候舌头使道路和钢铁弯曲
我不能随意地将许多忧伤带给远方的河流
走了这么远的路　我终于明白
谁也无法到达真正的顶峰　所有
艰难的行程里有一盏孤灯高悬　一道灵魂的光芒
引导我越过寒冷的黑夜　我如一棵生命之树
悦目地站在最初的界域的高处　目睹一切

1991 年 7 月 10 日写于东河坝

德令哈冥想

或许这是最好的时光　依旧是千年的月亮高悬夜空
是某种想象的光明坠落成悲剧　我凝视月光下
有节奏的女人　她行走的姿态本身就是一种境界
什么样的词都无法表达我的渴望　其实我清楚
一个人出生的路和死亡的路相同　也是无法
超越的真实　谁如此亲切地拒绝我多情的幻想

夜晚　德令哈的月光照着我的孤独　许多事物
在我的视线里变得模糊　然后丢失得一干二净
德令哈　让我的忧伤和天路相遇吧　我想
骑着白云去抵达你的内心　穿入天的山脉
我爱你草滩上的马群　羊群　牛群和山间村落
还有那棵忧伤的沙枣树　更爱阳光抚摸的向日葵

德令哈　我是怎样为你的存在感到强烈的惊奇呢
你的四季在轮回　鸟群飞走　只有空巢还守在那里
我的欲望如高悬的洪钟发出神秘的呼唤
无穷无尽的距离在伤害着我神圣的身体　谁的灵魂
此时正穿过一片枸杞林　如此沉沉的夜晚令人饥渴
谁让我眼前的世界变得空空荡荡　目光空洞

悲伤使我想起经过德令哈的一列火车　想起

黑夜里孤独的车站　　想起一个孤独的人乘火车去拉萨
我的悲伤在德令哈被静静的黑夜吞没　　露出骨骼
也露出火焰的德令哈　　你夜晚的月亮多么苍白
我怕再次经历爱的煎熬　　疲惫和困苦　　我必须
把痛苦的呻吟葬在黑暗的夜里　　让新的月亮升起来

2014 年 7 月 22 写于德令哈

登上太白楼的喜悦

令人心潮澎湃的春天　我们去了李白的家
穿过太白碑林　如穿越昔日的刀光剑影
难以言说的历史残骸让我们耳目一新　蓝天
炫目得蓝　阳光呼唤着沉静多年的灵魂

是一种风带来多年前的钟声　好像我在青莲小镇
看到的几种结局无言无语　苦涩和酸楚无可避免
谁在这个春天之前把谁梦见　布谷鸟的歌声
穿过弯曲的时空　风调雨顺的光阴何时在期盼中呈现

登上太白楼　眼底的涪江和昌明河正在歌唱
开满油菜花的田野和沉默的丘陵正乘着春风
坦坦荡荡地越过梦境　飞舞的蝴蝶和采花的蜜蜂
全都汇集在古朴的青莲　其中也有李白的豪情

如今　谁又在以思乡的名义把沉默的大小匡山梳理
在春暖花开的青莲　星空少女般温柔地低垂着
那漫天闪亮的星斗倾泻在我的怀里　古老的月色
托起诗歌的灵魂　春色里的青莲更显几分妖艳……

2013 年 10 月 29 日写于江油青莲

夏日的雪

端午节，想起已故的朋友海子和骆一禾君

——题记

朋友你可知道　诗人的日子总是风雪弥漫的冬天
这点　历史的瞬间记住了他们　阳光并非平静
一句话的悲剧使事物消失在事物相反的方向
驻扎在死亡边缘上的中国诗人　你的归宿在哪
我终于对一个人怀有好感　最深刻的词汇
成为一种心愿　一场压迫在夏天的大雪
即是我们的目光贫乏　也无法改变内心的梦境
这些空洞物质刺伤了城市的皮肉之后
谁在郊外的荒原上悲痛地歌唱呢
碎裂的语言像月光迎面飘洒　直到淹死一些想法
高贵的日子虚幻　花朵在坚持着柔情
我知道自己的苦难和贫穷的一生将埋在诗歌里
雪的质深入到内心　我无法拒绝
风的孤独使我感受到一颗带泪的心那么纯朴
头顶上飘荡的雪　或一首感人的诗歌使人高贵
远方或身边还有许多不认识的朋友需要认识
太阳的手贴在土地　被放逐的良心面对巫女
除了怀旧和哀愁我们一无所有
黑夜终在深埋的嘴唇　一只花白的手握不住温暖

那些流于水中的回声在回忆不到的地方如此平静
我说　海子　骆一禾君　我们将在歌唱中苏醒
我知道和你们一道歌唱的还有我以及其他的兄弟
想念你们　就像在寒冬的夜里想念燃烧的火焰
我必须自信地活下去　路从远方来
又向远方伸去　我的灵魂就是唯一的火种
就是我终身不可不守护的一点生命的光明
诗人啊　我们痛苦和喜悦都同样的是收获
一切都会从实质进入角色　心中的花朵不动声色
许多飘飘忽忽的面孔舞蹈成一段往事
而果子里面的季节凌空出现　而对于我来说
一切都在绝望中诞生成长　谁为姿势所动
月光的深度隐而不见　我在夏日的雪中
回忆起那些起伏不定的往事　你们说是吗
海子　骆一禾君　我的诗歌好兄弟

1991 年 6 月 18 日写于东河坝

这一天与玫瑰

更令人恐惧的女人　怀抱玫瑰
裸露出她的全部青春和热情
起舞在柠檬色的山谷
我的目光随之穿透流逝的水
光着脚　我走进自己的使命

火焰燃烧在最后的村庄
向日葵像我们想象中的情人
总是在喜悦与噩梦之间
我放飞出的鸟还没有越过河流
而它的羽毛就已经落满空地
逃亡着的夕阳西下　声音和心
如同残留在废墟上的呐喊
死气无力　为翻动历史般的书页
我将用典雅的语气说话
是的　我不会忘记难以避免的现实
像把锋利的斧子　正从
正反两个方面来征服我们

玫瑰无穷地诱惑着陌生的面具
尽管残存的灵魂像道古代的墙
生命的高度所显示出的精神骨架

一条消失在黄昏之中的野狗
许多人都怀想它
这些如血的玫瑰也是如此
就像手中的这支笔不能
千万不能再传给子孙后代

同样在这一天　我望见玫瑰
犹如内心的景色　分外灿烂
回过头　偶然的心境和阴影
正聆听死者的歌唱　回想中
来自心灵深处的时断时续的音乐
浮现出春天的面目　尽管
有些不像人的人还坐在堂屋正中
可我的脚　就像玫瑰的枝条
总是在朝前伸着　伸着

1992 年 7 月 18 日写于东河坝

桃花姐妹

——给 RongYing

我忽然被眼前龙泉驿这一片又一片桃花唤醒
像重新回到初恋　慢慢地把春天的高度
变成一种又苦又涩的果实　可以这么说
春天有时也是残酷的　要不然满山遍野的花朵
怎么会像火焰坠落一地　我惊讶于花开花落
彼此的气息　如粗暴的阳光穿过世纪的黑暗

这样的季节　谁让每一棵桃树都缀满诗意
我在春光里祈祷上帝　天空和水为之融化
弥漫的芳香有时也是希望　正召唤未来
我知道我深藏的爱将是赤裸裸的忧伤与悲痛

花开花落时　我在老龙山桃花深处回忆往事
就像桃树的根　把所有的悲伤都留给自己
多少人在嘲笑这个世界　而我真的不能把颂歌
献给消失的时光　也许我沉默得太久　就让
我的灵魂随风而去吧　死亡也是一种诞生
只有良知与信仰护航　我才能把诗篇献给大地

2006 年 3 月 26 日写于沈家村

与大海交谈

——致舒婷

以潮水的形式繁衍语言　我分明在沉默
那些不动声色的礁石如黑暗里的瘦骨　渔灯
孤独　我的面孔是以谁的面孔为原型的呢
一只不知行踪的海鸥被波涛埋葬于黑夜
我无始无终地穿过时间　也穿过大海
很难说我没有大海的性格　在海边
我把自己所有的激情都倾注在一枚
小小的海螺上　我双手捧起它　嘴里不知
为什么却发不出一点声音　我只好闭上双眼

大海　我不会因为世界黑暗而改变一切
包括我血液里的颜色　也不会改变

海水能洗掉我皮肤上的伤痕吗　不知不觉
现实又在我的心灵里添上一道新的伤疤
我什么时候才能进入自己的角色　海风
吹过时　我盲目的歌喉开始触摸天空
也许是在我没有来到海岛之前　就有人
用虚幻的影子隐瞒了本不该隐瞒的东西
而我只能用眼睛与大海交谈　我像胜利者
我根本也不是胜利者　我的脸上有些怪异
什么都不在乎　还是用眼睛与大海交谈

大海　有人说你是一面没有私心的镜子
在你的背面　我的确发现许多丑陋的怪影

我静静地与大海无声交谈　体内像是有火焰
在燃烧　我的躯体完整得就像一座海岛
我不在意乌云封锁海面的后果　我只在意远方
友人的眼泪会砸碎海的宁静　我的眼睛
会因此而模糊起来　当然　我还是能看清
海上的风云　我默默地站在东山岛上与大海交谈
整个世界好像都在动荡　有人突然从我的身后
发出声音　大海退了潮　才会暴露出暗礁
这大实话　恰到好处地道出了深刻的哲理

大海　我从你一朵小小浪花身上　认识了你的全部
我要以一种圣洁的歌唱形式　把你的本质颂扬

　　　　　　1998 年 8 月 10 日于福建东山岛

花落春天

无法沉默的高贵与热烈在撞击着我　那阵
卑微的春风穿过天空　也穿过我的身体
当一朵海棠花和另外的海棠花带着渴望与孤独
出现在我的面前时　无数只蝴蝶含着泪水在飞
我真的无法接受死亡将要来临的重量　哑巴
在呼喊　我面黄肌瘦的模样就像一场噩梦
海棠花落地的声响惊动河流　也惊醒最后
沉睡的树木　三月的诗篇是从花朵的凋零
开始的　什么时候我知道花朵落地的声音
从海棠树的任何方向我都可以接受乌云密布的天空
树与树之间隐藏着最初的阴影　我不能远离
落在春天里的花朵　犹如不能远离迟到的爱情一样
在开满海棠花的村庄　春风抵抗着流光溢彩
有一阵风　催促着隐藏在词典里的话语　我独自
坐在一间无人问津的空屋　用一天完整的时间
怀想花朵落在春天的消息　以及那些落在田野的忧伤
就这样，我可以听到时间以外的尖叫　以及
那些充满信仰的表达　有谁知道花开花落背后的身世
而我却在绝望的呻吟中听见海棠花的哭泣
活着的人　请在三月里带上你心中的花朵　让我们
一起站在光芒之中　用低语照亮我苍老得太快的脸

2009 年 3 月 1 日写于回绵阳途中

海之门：在日月湾所思

凭借海浪的疯狂　孤独无声的撞击着我
此时　谁在海岸上分享多情的海风
在日月湾　海的热情把我拥抱　而所有的意义
也在这里迟迟回升　包括我内心无光的火焰

天空和海水是极致的蓝　渐渐的海潮声
从渔家姑娘的呼唤中醒来　我僵硬地站在海边
看见强烈的阳光　几乎要穿透我的心脏和海的心脏
我多想把对远方的思念种在海滩上　然后涌起浪花

也许是我经历得太多　记忆有些厌倦　但我知道
道路和大海一样没有尽头　但我更清楚　日月湾
是大海边一座去了就不想离开的驿站
我在心中　已经默默地刻下了她美丽的名字

2016 年 10 月 10 日写于日月湾

静卧的坎布拉

上帝用什么铸就你如此这般神奇　静卧在青藏高原
又如一匹匹太阳之马　奔跑在圣极之地　我在远处
眺望着你　却怎么也无法走近你　你的头顶上
飘荡着比雪还要圣洁的云朵　而我此时的沉默
不知为什么比远山的荒凉还要沉默　也许是这样
你的内涵与风姿深不可测　要不然你怎么会傲视苍穹

静卧的坎布拉　其实我来看你真的无法走进你的灵魂
我知道你的沉默也是那么高贵　……突然我感觉
头上的天空在塌陷　我想问你　如今在哪里能够找到
代表正义和真理的语言　如果你言之无物那还是沉默吧

有时候我在想　坎布拉与我相距这么遥远　我独自守望书本
默默过着并不幸福的暗淡生活　我似乎觉得自己
在世上度过五十多个春秋　早就该离开人世　可是
唯有斑白胡须的我　常常在黑夜里思绪联翩　回忆往事
我仿佛穿过薄雾来到你的面前并向你诉说着什么
坎布拉　你能让我忘掉所有的痛苦　忘掉苦难吗

我粗糙的皮肤不敢靠近你　因我的内心挤满寒冷
而你却青春永驻　你四周的花朵又是那么艳丽动人
我知道你很快就会将我忘记　其实有时候我也会忘记自己

是的　你有什么必要还把我这样一个陌生人留在记忆里

黄昏笼罩着坎布拉　羊群正从坡上下来　牧民屋前
一个放牧的姑娘站在那里不知期盼着谁　麦田里
成熟的麦穗扬着头　山谷炊烟弥漫　而此刻疲惫的我
只能依偎着摆动的风　不知为什么我疼痛的胸中
燃烧着火一般的恋情　是坎布拉的夕阳罩着我苍白的脸
让我看见青藏高原纯真无邪的光彩　我忘不掉你啊坎布拉

2009 年 8 月 9 日写于青海

梦歌，月圆①梦

柔情似水的唐朝女子用歌声把青莲擦亮
芳香的月光抚慰着梦中之梦　在残忍的季节里
一片雨中的春雪敲响落叶　那只忧伤的蝴蝶
听到了风的预言　词语早已凝固　谁的笔尖
还能挤出半滴墨水　那些写在宣纸上的疼痛
连同你哥李太白举在夜空的酒杯　还有昌明河的流水
都会变瘦　是谁与谁在合谋　酝酿一场场寒潮

夜幕里　你不讲兄妹情义的哥　没有向你挥手告别
独自上路　他挺拔的背影如昌明河上的渔火
照亮着几个朝代的梦　你是否在追赶你哥的路上
抹了一把又一把清泪　尤其在梦醒时分　你是否
还保持着原始的美丽　松林里的虫鸣叫着　干枯的矢车菊
低下了头　天地是否宁静　其实柳枝已经发芽
另一棵树在说　怕就怕鸟语的刀会切断世界的光阴

寒冷早已过去　而你一直在春暖花开的青莲
等待你哥远游归来　一千多年的时间不是太久
一场场风雪　把你骨头埋在风雪深处　仿佛
你哥在对你说　月圆妹　还有什么比等待更孤独……

2013 年 10 月 29 日写于江油青莲

注：①月圆，本名李月圆，李白的表妹。月圆墓现在四川江油青莲。

在城市的环境中

在城市的环境中　我是一只
不能歌唱的候鸟　不过我知道
睡眠是另一种梦幻的死亡

夜色深沉　我不知不觉地进入悲剧的角色
一直醒着或一直沉睡
当一种人或自然脱去虚伪的外装时
我还是无法按照自己的生活方式拉开序幕
灿烂辉煌的界限这样感人肺腑
现实不管对谁都像地狱中的魔鬼
而我却在可悲的童话里昏然入梦
但并不自由和自在

月光如水地流动　我想
人活着应该安宁　想象窗外的天空
树很优雅　风很柔软
在巨大而又神秘的时间的翅膀下
说出真话　无人倾听
倾听着　无人说出真话

过去了一天又过去了一年
我最钟爱的情人还没有找到

毫无办法　只有在音乐中不顾一切地想像她
面对城市中的一切
我把自己囚于苦恋的孤岛
让自己乱草一样的头发和胡子疯长
实在无法忍住内心的血泪
更无法与世隔绝
但我会永远相信自己的命运

灵魂接近黎明　而我的命中已经注定
在无情的现实面前
在城市的环境中
我无法重新再种植自己
不管气候有什么样的变化
我就是我自己　……不可能变成别人

1992 年 2 月 9 日写于涪城路

抵达之诗或孤独者的吟唱
——观海男绘画展

只是记忆的开始　层峦叠嶂的词语撞击着我的痛
云南高原的山岭　峡谷　红河　还有向日葵
都率真得那么自由　无边的黑暗里你痛饮月色
是的　喝过长夜无眠的人最懂片刻之甜伤人厉害
走近你才知道　你为什么要端起斟满黎明的酒杯

线条拥有音乐　场景和蒙太奇之后　谁的直觉
正洗涤无法抵达的梦境　树枝　花朵和飞鸟
触摸着眼睛的尽头　自由高于一切　我的羞愧
还能修改什么呢　假如我用悲伤呼唤暮色中的鹧鸪
那么　此时此刻　悲哀的思想还有人来追随吗

也许我们始终都在渴望贫困的精神　不能歪曲的信仰
有时真的很虚无　只有漆黑风让我倍感温暖
不知为什么我在流淌的血液里看见时代的冷漠之后
只是在片刻抽搐了一下　我们都在踩着自己的影子行走
红河安静地搅动着葵花和玫瑰　涌向光芒　涌向火焰

2017 年 6 月 24 日下午写于昆明观海男绘画展

歌声里的天堂

初秋的夜晚　鄂尔多斯没有黑暗　只有酒
和暖心的马头琴声在耳朵里回响　眼前的蒙古包
是多么地辽阔　纵横着晚霞与秋色的姿态
每当我端起蒙古族姑娘敬的酒　就想听她动情的歌
蒙古包外　难以想象的夜空里是否会有闪烁的流星

谁将陪伴我一同穿过这美丽的黑夜　适度的忧伤后
我想到自己漫长的一生　后来我又想　不是世界变得陌生
而是我们的生存模式变得很复杂　而我只是局外人

假如黑夜再黑暗一点　我想和谁去谈些什么呢
远方有遥远的月亮轮廓　让我无法修正酒后的错觉
我必须小心翼翼地和世俗的现实保持距离
但我在今夜绝对不会抱着极大的伤感去回忆往事
其实生活就是花开花败　正如今夜歌声就是天堂

2017 年 8 月 17 日夜写于鄂尔多斯

在湟源怀念诗人昌耀

我从日月山下来　一路都在回想文成公主冰冷的泪花
行走在湟源明清时留下的老街　我想起了诗人昌耀
1987 年夏天的某日　在西宁他邀请我到他家做客
而我至今都还在回味筷子粗的土豆丝煮面条是那么的香
尽管我知道日常生活中昌耀笨手笨脚　但他的境界有谁敢比呢

我在他放牧的河边寻找着划啊划啊的先人
读他灵魂的命运之书　我的心却在痉挛　今日我在湟源
沉思般的看着他的塑像时　那些肮脏的事物早已不见
我似乎觉得自己有点病态般的迷醉　是乌鸦的狂叫
使我清醒　在众多的人群中　我认出昌耀留下的土伯特女人
她如高原的格桑花　还是那么圣洁　虔诚和美丽

在湟源　我的境界一点都不充实　是否是一次的爱情毒汁
正浸透着我寒冷的心　是否是重病的母亲在家乡牵挂着我
不管怎样　我依然沉浸在对一个诗人的怀念意义之中
因为他心灵的诗篇早就证明他才是我们这个时代的本色诗人

记得我后来同他的几次交往中　我发现他的苦难比我多
是我从他大海般深沉的眼睛中读出的　真的就是如此
他的《命运之书》重新感动和征服着我　才会使我受伤太多的心
更加神圣　……其实他就是高原的灵魂　那些被扭曲的事物

让我的痛苦太多太多　有时我问自己　诗人的可悲之处
是徒劳的疯狂吧　那么我们该用什么样的目光来看待世界……

2009 年 8 月 9 日写于青海

在王朗想到或看见

最终　我睁开眼睛看见的是残雪　唯有闭上双眼
才能看见光明　我独自从原始树林走出来时
身后神山裂缝的深处亮出一道彩虹　我沉静的目光
此时在这里与直指云天的冷杉　云杉　红杉相遇
溪水边的羊群无精打采　我又去和谁交谈什么

关于战争与世界和平的主题　女人和金钱的主题
远处是什么东西正在坠落　一阵嘎吱作响的声音
把我的美梦惊醒　渴望来自无穷的失败　我
不能与内心的疼痛终生共眠　精神的雪片
已经在黑暗中无言地落下　狂野里的语言拥抱着我

当年那些成群的山鸡去了何处　以及罪恶在哪里
我的目光在大草坪追逐着一只野兔　永远不能
消失的死亡不知道在追逐谁　看见那些残叶
在寒风中坠落时　我并不恐慌　我只想上帝说
我不相信灵魂的永恒　因为睁开眼睛看见的是黑暗

2012 年 11 月 3 日写于平武

献给自己的挽歌

总是在回忆乡村的稻田　玉米　麦浪和飞蛾
何处才是我要寻找的闪着寒光的灵魂的归宿地
我一生只能在写作中露出伤口　我就是这样的东西
有时对人冷漠如霜　对己残酷如雪　对世界
视若无睹　这就是我们生活的时代　冰雪
火焰　玫瑰　爱恨交织　纯洁和虚伪混杂在一起
而我正在老化的路上行走　无力应付所有的事情
等太阳的光芒隐隐闪现时　我看谁敢平分或独霸秋色

飘落的残叶是冬天的悼词　后来被我捡起它
夹在自己的诗集里　我突然听见　远处有人的血骨
在歌唱　暴风雪跟着他们越过荒凉的河流
城市的高楼与死神交谈　死亡已把整座城市的命运
移植在触手之间　我生长的土地就像马启代怀抱
与我相拥相依　歌唱吧　灵魂的鸟穿透乌云之后
拨亮惊魂的闪电　谁在此时将离我而远去　我最终
还是选择了河流　而现在　我所面对的正是生活中的狼群

谁能告诉我　生活这条蛀虫为什么损毁我的灵感
我知道　有的人还聚在黑暗里磨着刀　谁又知道
经历了那么多不幸的我　还在热爱着自己的国度
有时候我因疯狂而一无所有　所获的只有乌鸦的细嘴

死去的诗人却活着　活着的诗人已死去
黄昏撕裂我的生命之后　养育的涪江不惜倒流
所有的风暴不如一滴水重要　我推开书房的窗子
看富乐山坐落在树阴里　是谁把自然还给了人类

如果有一天我突然死去　我跟在我的鸽群后面
飞出落满灰尘的天空　这座我曾生活过的城市上空
就会飘着许多白云　钟爱我的马匹也会飞翔
在高高的天空　如果我死去　在没有诗歌的年代
我的死本身就是一首诗　我给自己披麻戴孝
不停地在天空与陆地上行走　我看清了那年春天过后
悲剧就发生的实质　但我不能言说　因为活着
我写诗　我体验着别人无法体验的悲惨的死亡

2002 年 1 月 5 日写于沈家村

青海湖的低语

这血红的落日怎么这样凝重　泛着血的光芒
如青藏高原八月的油菜花　怒放得如此灿烂
从远方赶来的蜜蜂怎肯沉睡　湖畔的草滩上
放牧的藏族少女和吃草的羊群像格桑花一样开放
也许当大地　穹苍　空气和整个世界不曾存在时
那时　只有宁静着的你还能守望这方净土吗
我想向你发问　谁又会成为我们的这个时代精神的上帝

在时间的最深处　那些始终坚持怀旧的事物
和一头牦牛在寻找着水源　谁的想象让热气腾腾的高原
变成铜器　风俗和宗教　只有这样　高贵的品格
才有可能在原始的滔滔洪流中发出火花
我知道这里的一切都是因神灵而降生　呼啸的风
让我的心灵充满美好的情感　我此时必须把颂歌
献给高原的太阳　献给青藏高原复苏的生命

谁说青海湖是大自然的一滴泪珠　青海湖理所当然
应该是我们精神之上的一面明镜　光彩照人
开满湖畔的油菜花和藏在水里的盐都可以证明
青海湖本身就是天堂　在给人间造福　更是诗人们
灵魂向往的圣地　阳光下的我站在青海湖边沉默
直到我觉得我自己的眼泪已经枯竭　直到

我不再认识我自己　直到我自己变成让人嘲笑的石头

牧羊少女的歌声驱散了头顶上的乌云和黑夜
当我觉得我自己的苦难和痛苦是宝贵的财富时
或许那时我将忘掉我自己所有的悲痛　但是
我不敢相信未来　真的不敢　我甚至可以咒骂
我曾经深爱过的情人　因为刻骨的爱与恨是一部史书
是悲剧使我有幸还活在人世　我并不诗意地站在
青海湖边　让青藏高原风抽打着我永不死的信念……

　　　　　　　　　2009 年 8 月 8 日写于青海

日月山的吟唱

数不清的朝圣者在今日从远方以远而来
我不知道这日月山的全部含义　不过令我难以忘怀
却是山坡上成群结队的牛羊　同样是在今日
我用日月山的思念拴住遥远故乡一颗青春的心
今日　我在日月山只想着她　我可怜的思念别无选择

高原的风吹着这海拔最高的爱情　大唐在何处
公主迢迢千里而来　公主她守望着什么　也许我不该
在这最高的山巅上寻找着绣花鞋和车马
面对这 4877 米的高度　我不如高原上的一棵小草
我只是这日月山的过客　我的影子不可能留在这山巅

这里的树木喃喃的低语　高原上的风依旧吹着
任凭时光变幻　世人变化莫测　而日月山依旧神奇
有如这世界和荒漠　有如这月亮和太阳　日月山呵
可你早就不属于你自己的了　我唯一的请求是你应该
把我这位过客忘记　就像忘掉一棵枯萎的无名草

今日　我在日月山看见遍山的羊群　我真的不知道
这羊群中哪一只羊羔是文成公主的化身　她会
用什么样的命运牵领着　又将走向什么样的祭坛
在这个世界上　人的命运如同影子的梦幻或梦幻的影子

当你忘却相爱的梦想的幸福时　你已经沉沦为仙

遥远故乡的姑娘　如果你来到日月山会深想些什么哟
你是否能原谅我如今把你思念得那么痴狂　日月山
经幡飘扬　我想文成公主当年丢下的日月宝镜
莫不是悲凄的爱和伤痛……　还是在今日我从日月山巅下来
从远处的天边飞来的一群乌鸦　遮蔽整个天空和我凝滞的眼睛

2009 年 8 月 8 日写于青海

石　桥

长年沉默　像抽打世道沧桑的鞭子抽打我的记忆
我的孤独和茫然　令人恍若隔世　明知道
石桥的另一头是时光留下的裂痕　我无法去品味
也许过了这座桥　我就接近一种权力
我绕过一棵树　在悬崖上看见你的光辉　苍穹下
所有梦境都无法超越你　如同蓝天里的云朵
如同太阳　你的复活已经扰乱了古镇的安宁
这座石桥高过古镇上所有的黄桷树　千百年的岁月
如歌　欲坠的尘埃推开天空　旁边的野花依然
开败如常　残瓣如泪　我此时毫无知觉地看见
几条鄱江鲢鱼在水里晃头摆尾　几只蝴蝶在眼前
飞来飞去　最后还是远走高飞　剩下的只空荡荡的石桥
过桥的人死去一个又一个　而这座石桥还活着
有些人过了这座就迷了路　还有的在桥两边纠缠不休
我说这石桥给人留下的印象最深　幽深而诗意

2007 年 8 月

又到塔尔寺

八月的一场雪雨洗亮道路　远处的雪山像多情的女人
时隐时现　我在二十三前浪迹过的塔尔寺
不知寻找着什么　久远的梦想如自由的风在追念
意味深长的塔　金轮在沉思中旋转　我只不过
是一个来自异乡的资深酒徒　忧愁沐浴着我的无知
往事撕裂日子　我无法用睁开的血眼
看清那莲的花蕊　酥油花在不朽的歌唱　是谁
用隐忍的思念穿过胸膛　那缓缓旋转着的金轮
不知在叙述什么　而我此时只能把流血的手投向天空

今天　我又走进神秘的塔尔寺　佛光和菩提树接近着我
那些冷漠的面孔尽管不代表什么　凭着我从千里之遥
来到这里　寒冷就会无踪无影　又是一阵深邃的雷声
滚过菩提树的枝条　我渴望这里的变幻的云雾
也不知道为什么　我用手里残剩的烟头去刺痛沉默
否则　我不会用这样伤感的目光看着那些从四面八方
来的朝圣者　而谁的梦想承载着关于塔尔寺的风雨
我会把这里的风声当作音乐来欣赏　然而用无邪的光辉
将这里多年的苍白遮蔽　但我会责怪自己真的无能

呵　寺外杨树上那只空着的鸟巢是否说明什么　而那些
来来往往的游客也许他们都很深刻　可我也发现

有的嘴脸也是那么苍白和冷漠　　但我只能把那群悠闲
而又灿烂的鸽子藏在我的记忆　　走遍整个塔尔寺
就是找不到我当年留下的影子和脚印　　我不敢深想
那些比黑暗更锋芒的现实　　我只能看着刺向天空的树枝
让压在心底的哀歌更加悲凄……　　无论怎样　　我都不会
忘记我是谁　　也许我会透过透明的呼吸　　活得更像
是实实在在的人　　那些神与我无关　　活着就必须这样

2009 年 8 月 10 日写于青海

第五辑

短歌与长剑

梨乡之思

面对你的语言　我为什么对雪的飘落没有感觉
一切从苍山溪水开始　我在一朵雪白的梨花里
不仅看到了春天　也看到了幸福之后的死亡

在梨乡　谁的思念是一把固执的剪刀　正剪裁
天空中的浮云　我是否从众多的目光认知友善和爱
哪怕血被爱一滴一滴地吸干　这不是死亡是生命的轮回

寒冷的血脉里积满岁月　无所不能的手撕裂我的胸膛
腐朽的天空下　万物还能自由的生长吗　寂寞的梨乡
在落日下晃动　一种永恒的甜美何时才能回到我的嘴唇

陌生的声音把锐利的目光反射到空中　我多年的伤口
慢慢地在结痂　愈合　一个极其愚蠢的词语
来自一只饥饿的鸟　梨枝不都向往高处　江水低吟

　　　　　　　　　　　2015 年 2 月 14 日写于苍溪

马兰草滩上

闯入马兰草滩　几条狗摇晃着尾巴将我围住

白色的云朵在蓝天移动　骚动的野花扭动着腰姿

这草摊上　除了牛羊　马群　奶茶　青稞酒和歌声外

还有悠扬的马头琴和牧人的热情　我喜爱蓝天上

那只盘旋的苍鹰　更爱牧羊姑娘迷人的微笑

我走遍整个马兰草滩　也挡不住一地灿烂的阳光

远处　野狼在哀号　所有风暴的声音都会停息

我不知道为什么发现一个大的秘密　马兰草滩

与我这样的过客有着千古不变的关系　谁都无法改变

满草滩的野花　满草滩的蓝天白云和满草滩的欢声笑语

都是这里的全部财产　只有牧羊姑娘的微笑

才能配得上我赞美的诗篇　谁说不是这样的呢

马兰草滩像吞下一棵青草般的把沧桑的我吞没……

2014 年 7 月 23 日写于海西州

寒冷的春天

艰难的春天才开始　孤独犹如杂草丛中横行的怪物
潜伏在我的身边　人们在狂欢　我却
不为人知地感到寒冷　气味如此浓烈　是谁
残酷地酿造着春天的浓度　又是谁在暗处繁殖腐烂
仿佛一个或更多的兄弟姐妹被欢乐的节奏控制

其实我早已苍老在自己的人生　那些暗动的火
早就预感我一生的爱情是一头凶猛的野兽
我如此疯狂地去爱一个人　难道是我的错上加错吗

望着天空的空白处　我再一次感受到春天的寒冷
我听不懂风的独白　也许初到的春天
像一幅抽象的油画　也许这寒冷的春天后面
深藏着一把刀　欲望把所有的心事理成一团乱麻
此时的语言无法表达　我的内心需要温暖……

2016 年 2 月 9 日写于沈家坝

我在今夜怀抱忧愁

游客们在半明半暗的春天观赏海棠花　而我
却在喧哗的夜色怀旧和伤感　我在今夜怀抱忧愁
但我拒绝说出忧愁的理由　拒绝说出黑夜的浓度

我独自坐在海棠树下期待着花朵绽放的声音
也许是我对天下每一棵海棠都充满想念　一抬起头
白花花的月光就像我满眼的泪水忧伤无比
激情和幻想早就溜走　剩下的只有善良　干净
和花朵的光芒　我知道我已经爱上这里的一切

花朵绽放时　我为什么总是那么怀旧　伤感
人生真的有很多生生死死　只有爱和善良
才是我们心中的指路明灯　我在这里已经学会善始

现在　我依旧赞美着火焰一般的红海棠　宿命和惊叹
都被天真无邪的麻雀带走　我穿过怒放的花丛
与客气的花农拉近距离　我用什么来吟唱　又以
什么样的方式来寻根问祖　今夜所有的星辰
都已隐于星辰　我不能让火红的海棠花陷入孤独
我只能坐在海棠旁　毫无办法让自己的骨头减轻忧伤

2009 年 2 月 28 日写于郫县海棠诗会

篾 匠

沙溪古镇哆嗦在缠绵的秋雨中　我几乎带着冷却的古意
踩碎小巷里的水珠　一只避雨的小鸟在瞬间
闯入了我的视线　小鸟的鸣叫如喜多郎的立体声

秋雨中的空气试图也黏稠起来　我不知道为什么
会在一家篾货铺停了下来　惊奇地打量着正在编织的篾匠
他古铜色的额头和双手的疤痕已经告诉了我他的一切

我看见那些他亲手编织的提篮和一对精细的竹筐时
所有的语言失去了意义　他手中挥舞的篾刀如梭
把扭曲了的人生又扭曲了过来　他的确是一个完整的人

2017 年 9 月 24 日下午写于苏州太仓

平　原

玉米　棉花被收割后　你的模样
就像得癌症的漂亮女人让医生的手术刀
割掉一只美丽的乳房　质发生翻天的变化
烧荒的烟雾　还有站在枯枝上的喜鹊
也在流泪　这世道怎么会这样　会这样……

2011 年 10 月 21 日 13：15 时写于 206 列车

日月湾的夜晚

海风黯淡了日月湾的海岸线　绿色的椰子树
凸现于空旷　我独自漫步在沙滩上听海浪的喧嚷
也许是我曾经有过太多的悲痛欲绝　直到现在
我对生活并不充满信心　是因为现实的诱惑太多吗
站在大海面前　我反而觉得自由里的罪恶更可怕
一想到人世间的丑陋　我的内心就会升起忧愁
月光下的大海袒露着胸膛　海风穿堂而过

潮起潮落　我独自坐在森林客栈的船木板凳上
与大海对视　我不相信大海会枯　石头会烂
看见搁浅在沙滩上的渔船　我想起了悲歌
海面上的反光　让我在盲目的痛苦中一无所求
今夜　时间沉睡在日月湾的波涛里　我把忧伤
和海南玉液　椰子汁　连同黑夜一口咽了下去
所有的欲望　以及漂流在海上的帆影都变成梦幻

2016 年 10 月 11 日写于森林客栈

隐藏着酒也隐藏着风景的洞天

水比较透明的时候意味最浓　在洞天的最深处
真实就是在一滴水和另外的水之间　我凝望着
自己弯曲的影子　也许洞外的天空越来越薄时
隐藏在洞内的酒就会越来越香　我漫步地走着
是酒的品质支撑着我的胆量　在黑白颠倒的时代
只有酒这东西是我最真诚的朋友　漫步在这里
我也许就成了不是风景的风景　也许什么都不是
光阴在洞里的水面上漂着　我的梦境没有留下
守望的痕迹　或许我曾经的颂歌是苍白的
意义早就飘向了远方　只有孤独在与我对视

2017 年 9 月 20 日晚写于沈家村

雨雪时刻

那么坚固的寒冷被一场雨夹雪敲醒
谁站在窗口看见道路变得泥泞起来　雪在雨中落下
雪落下的姿势是羞涩的　那个站在最冷　最暗
角落怀念雨雪露出灿烂笑容的人是谁呢

我依然陷入火焰一样的迷宫　沉默和冷漠
让我更加孤独　这精神的枷锁有时如同梦境
正覆盖开始苏醒的春光　流过血泪的季节开始寒冷
在雨雪时刻　有一张无法说清的脸照耀着颓废的我

沉静中　我会噙着自己的泪水把忧伤重叠成风景
让那些屡经失败的人　失败之后更加坚定

2016 年 2 月 14 日写于沈家坝

原谅我在三月的思念

原谅我在三月的风吹过后爱上那些凡俗的花朵
我捂着心跳　忍着容纳已久的泪水
靠近身边的一棵海棠　暖色调的阳光吸引我
去辨认朴素而又纯洁的花朵　它的微笑使我神散
意乱　我风尘仆仆地从它们的叶间穿过　快接近
枯竭的心开始校正本性　我无法去代替谁
在海棠花盛开的村庄我站立得太久　忍受着一切
这就是时间给予我的一种自由　其实我并不知道
谁在嘲笑滑倒的命运　我的爱在这里不动声色

原谅我在这个春天再次放弃所有的思念　不会
我真的不会在任何人面前谈起我以前苦难的爱情
看到这些待放的蓓蕾　我不知道自己为什么
对过去的记忆还是那么布满忧愁　也许就是这样
在我的身体里面　思念的细胞会一次次的分裂
目睹眼前的海棠花　我彻底地爱上自己额头上的皱纹
因为我比以往更脆弱　怕去深想国家发生过的往事
我和未来之间　隔着的不仅仅只是一些清晰的历史
请原谅我在海棠花开的季节对往事的思念　也只能到此为止……

2009年2月28日写于郫县海棠诗会

在阿德书店

云朵像无色的墨汁泼向蓝天　我用苍老的目光
无法描绘大理古城的轮廓　洱海与苍山在欢笑
也许我在这小小的书店无法走进世界
也许是新乡姑娘的微笑唤醒我此时的孤独
以及是我想在这里寻找忧伤的踪迹　不然
我怎么会想起　阳光下的一棵盛开热烈
而又青春的樱花树被狂风刮断　于是我沉默

2015 年 3 月 20 日写于大理

五月凌晨读诗时

几只白头翁在窗外把我从睡梦中吵醒
我顺手翻开枕边飘着墨香的《冷藏的风景》
一只跳蚤不知从何来　突然间跃上我的手背
此时我无法控制自己的神经　浑身发痒
或许　从此以后我开始相信　一只小小的跳蚤
也能不分时间　地点掌控着我　相信谁呢

我不是神　我只是人　神会像上帝一样俯视一切
而我有时只能去眺望貌不惊人的一棵孤独的树
许多未知的里里外外　我都无法胜于自己
我更无法获得那些辽阔而又深远光亮和星辰
更不能千年以后　像李白　杜甫那样风光盛唐
留下万古绝唱　而我只是延续汉语诗歌的一个人

2016 年 5 月 2 日晨写于沈家坝

洗墨池

穿过粉竹楼的竹林　如何看春天的光辉泛满大地
田野上空的光芒怀着对桃花的梦想　飞越丘陵
涪江和麦田　一种雄性的高度激起群鸟的欲望
狂奔的马匹和禅意尽在你岁月的浪花里图腾　漂浮
在水面上的除了李白的独傲形态外　就是一代唐风

肥沃的土地和明月留不住精神的漂泊者　汹涌的词
如月光不再孤单　谁扛着命运在漆黑的夜里取走火种
难道说　心灵的烛火如钟被风雨敲响　唤醒内心的铁

是谁用洗过笔尖的水　把骨头里的长剑磨得无比铮亮
然后点亮孤独的灯盏　浅唱低吟　承受风暴的拍打
青春的血浆抵达浩瀚　用压迫的灵魂歌唱终极之爱
月亮升起来　洗墨池里水的清纯度还是那么高……

2013 年 10 月 29 日写于江油青莲

响沙湾所思

爱就要爱这苍茫的疆域　沙山　沙地　沙湖
和沙海　谁说这里的土地如此贫瘠
而我眼下看见的不是秋风深处腐烂的乌鸦

近处　这棵老态龙钟的胡杨依然活着　在它
生长的地方　常有骆驼经过　沉甸甸的脚印
已经埋葬　关于含混的诺言　我的确无力对视

也许是我过多的期待走近你　阳光太强烈
我干渴得发疯　像白日梦一般的秋风从昏睡中醒来
发现我早已不是自己的模样　忍不住发出奇怪的笑

其实我知道　在这痛苦和悲哀的世界里　时间
是不会等人的　在我的记忆中　没有了一模一样的景色
和多彩的天空　云朵从月亮面前走过时　只有孤独属于我

2017 年 8 月 20 日凌晨写于鄂尔多斯

小曼堤记

我穿越红河去阅读你　伤痕累累的石榴点燃欲火
灵魂的诗篇与我同行　假如我潜入你复杂的远景
成为你深刻书中的某个节点　谁还去谋取逆光
驱使更多的魔鬼与红河决裂　红色的血流溢出
风吹斜了树木　雨让我感到有些迷路　在雨中
一群亲切的鸽子让我甩掉忧伤　有谁相信许多活着的人
像这些绝望的石头一样　沉默在尊严与耻辱之间

你的秀色秘密是我的脆弱　野花从新与旧的红土长出
我将用最后的词语去赞美你自然的天空　在你的六月
遥远的时光隐身于语言的顶巅　而我只是翻阅和爱你的过客

在雨中的记忆里　我的身体被孤独掏空　苍白的光
寒冷而锋利　几个老人坐在寨子的大树下用目光将我的想象
切割成碎片　此时此刻　我不可能将无法雕琢的词语斩成碎片
难道我只能在失调的羞涩面前继而落魄吗　暗处
无所求的欲念将我拒绝　在这雨中的异乡　是浩荡的红河
让我们看不清彼此远方的人的纯粹面孔　这个六月
似乎是深不可测　无始无终　我再一次被它绝望的处境
刺痛　这一切绝美的景色已经刻在我的冰冷的风骨里

2017 年 6 月 28 日写于个旧

在成吉思汗陵

我围着古老的敖包走了三圈　发现每一块石头
都有成吉思汗骨头的品质　我试图想表达些什么呢
秋风绕过远行者的背影　而更多的人在这里会被遗忘
谁知道　一个人在远方抵达什么样的梦境
而我舍弃的种种诱惑划破了记忆　即使有的词语
就是一座座移动的坟墓　苍茫的岁月被埋在其中

草原的上空滚动着沉默　一支古老的歌比真理更有价值
那些充斥着谎言的嘴巴怎么能抒发我的情感
我会把一切留给未来的　包括我孤独的灵魂

沿着无数人走过的路漫步　我在回味火焰般的爱情
猛一下　我跌倒在地上　变得如此残败不堪
那滴滴泪水　变成了我骄傲的骨头　在无人
倾听我在内心歌唱时　谁会在幽深的梦境回忆往事
秋风有些凉意　许多来到这里的人挥舞着手惊动天穹
不是英雄的我　只是真实无掩的站在某处　吸着烟……

2017 年 8 月 20 日早上写于鄂尔多斯

只有大海是他的归宿

真理被黑暗压得太久 一个没有敌人的人就是这样
走了 他走的时候 麻木的人与世界都很冷漠

我仰望天空时 专制让许多人两面三刀起来
谁的盲目或昏睡 让他拥有了人的品格与尊严

只有我们知道 不少不是人的人别无选择
活在错误或谎言里 这不祥的言辞多么荒诞哦

从此以后惊涛拍岸 唯有大海是他的归宿
不 我分明看见一次次不倦的涌动和永不停息的怒吼

2017 年 7 月 19 日晚写于沈家村

植银杏

我狂热地在金湖边巴金公园的红土上植一棵银杏
精神贫困的我就多了一种渴望　我的孤独也植在这里
此时金湖的平静是一种状态　一些飞鸟来了
让人醉心的神奇充满魅力　树之魂和水之魂
对我而言已经呈现出多重意义的独立性　意外的冷
和雨后的风声驻足于山水之间　而我的另一种穷途
并不夺目　也许在今天　我的颓废高于逼人的夏天

2017 年 6 月 28 日早上 7:20 时写于个旧

走在康巴什大街

秋雨中　占春　晓明和我　试图寻找古玩城
穿过几条街道　我们还是迷失了方向　倒是
在返回的路上　我们都捡到了类似宝贝的红石头
是不是我们的欲望太多了　才这样行尸走肉地充世
还盯住鲜艳着的事物　也是这眼前秋雨倾斜的想法
又让三个诗歌信徒忘却了回家乡的路与方向

2017 年 8 月 20 日上午写于鄂尔多斯

蝶 恋

阵雨不停的下着　选厂外钟楼上的钟不知沉默了多久
又是谁在用余下的光阴　续写人世沧桑　我看不清
选厂旁生长的一棵小树的叶片　是张开的还是合闭的
但我看清了日军当年轰炸时留下的弹孔　这些
真实得不能再真实的往事让人晦涩和麻木
一群东西南北来的人在雨中的钟楼前　在废弃的车间
留影或发微信　多么可笑的现实　——离神很近
离人却很远　谁能抑制住这时代的潮流呢
失望中　我被一只美丽蝴蝶吸引得神魂颠倒
说不清它为什么不翻飞在鲜花之上　而要在被历史
抛弃的潮湿而散发着霉味的领地飞来飞去　然而
突然站在我面前的一只锈迹斑斑的水龙头上望着我
此时此刻　我觉得它的出现特别神秘　像它的生命
后来我在想　它是否是一位美丽的哈尼族姑娘的转世
不然　它怎么会来到这里寻找　或者等待

2017 年 6 月 26 日写于个旧

法国楼之诗

我用什么理由来说出你地老天荒的真相　个旧的黄昏
在等待我的是锈迹斑斑的往事吗　金湖在倾说
法国锡商的风度和纱丁的泪水　也许都暴露于天命之下

在那些失败的无穷收获中　谁在与死神长期共眠
在个旧黑夜　我踩着的似乎不是伸向远方的铁轨
而是走进历史　与历史面对彼此　也面对自己而已

2017 年 6 月 28 日早上 7:20 时写于个旧

愤怒的绿梅

蜡梅凋谢　几只叽叽喳喳的麻雀显得多余
难道那些丑陋的形象与阴谋会让你的清高
远离狭隘的贪婪　忧伤的叹息被春天识破
我以同样的手势向腐烂的时光告别　仿佛
忧伤的月亮欺骗了灵魂　我的自由在暴力
与非暴力之间繁殖疼痛　谁在蚂蚁吃蚂蚁的时代
命运更为悲惨　更多的人们在寻找生存的国度
挖掘埋葬自己的墓穴　我又一次陷入东倒西歪的爱情
愤怒的你是否在敌意的春天改变我的想法
故乡在消失　我不会在现实的生活中成为狼群中的狼
你在我的心灵深处　永远都是那么高贵　神圣……

2016 年 2 月 10 日写于沈家坝

我对礁石说

海浪打过　你的沉默就是历史　　沿着沙滩行走
我听见大海在怒吼　碎裂的声音无比增大
你和你的兄弟姐妹紧紧地抱成一团　此刻乌云
并没有消散　哑默的野物在丛林深处移动
我不知道什么东西靠近你时又马上离去
作为过客的我　词语如同天空　神秘而又无限
你用苍茫的脸打量着我的内心　试图去理解
人与兽的较量　去认识人的本性　认识有些生命
在不该受伤之处却遭到重创　日月湾的礁石
走近你　是上帝给我的福分　而你本来就生动

2016 年 10 月 12 日写于日月湾

天主教堂的夜晚

夜深了　名为天堂左边的音乐吧把沉默的树
摇醒　行人越来越少　大理的夜晚有时也会寂寞
越来越深刻的月亮让我感受到黑夜的悠远

此刻　一种漫过天际的光芒扑面而来　是我
分明看见黑暗在退却　我凝着无边明亮的星群
许多事物和不灭的火焰让我敬畏　轻轻吹着的风
让我的目光变得柔软又慈悲　我多么想借着月光
把我的心灵洗得晶莹剔透　风铃渐渐地无言

我在如此寂静的夜晚弯腰　鞠躬　挪动脚步
仔细倾听小虫的私语　听见星星掉进洱海的声音
更多的时候　我望着月亮沉默不语　孤独或忧伤……

2015 年 3 月 21 日写于云南大理

图书馆

来到鄂尔多斯图书馆　我以为从语言到思想
从蒙古汉子浑厚的歌声到当地领导们的致辞会让我激动
而我此时关注和思考的不是这些　当天色更加深蓝时
我只是默默地在百年新诗陈列馆里沉思　而且想些
与此无关的往事　当秋风在谴责我的时候　我惊奇地发现
《萧萧集》和鲁迅　北岛　洛夫　舒婷站在这儿看着我
当我用充血的眼睛目睹一切时　我真的失去了打动
别人的信心　我的白日梦在此遭到毁灭性的打击

2017 年 8 月 18 日写于鄂尔多斯

趵突泉偶得

在趵突泉　我一边抽着烟　一边穿过烟雨
多么可怕的天空之镜　让这里树木倾斜　弯曲
水中的阴影怎能驱散黑暗　三股宽阔的激情
抑制不住李清照灵魂的尺度　也许词的筋骨之血脉
正是我此刻孤独时的悲伤　无穷的自由和意义
让我明白意识的价值　望着成群的鸽子在天空起伏
词语在深处发出召唤　趵突泉　你让一座城市因你而站立

2017 年 6 月 6 日写于济南

六月的雨天

离开沈家村时雨还在不停的下着　车窗外一片寂静
仿佛多情的一号桥也变得模糊　只有眼前的涪江
除了低语还是低语　我叹息自己已经衰老
随着时间思想停滞　因为我们活在谎言的事物里

坐在飞往济南的飞机上　我被一种无法说清的孤独打晕
穿过灰烬的雨　穿过云层　我察觉现实对正义来说
也只是一种渴望　唯有屈服于自己的只有人的本能
我望着像墓碑一样的群山和河流　内心开始沉默

六月的雨是寒冷的　也是苍白的　它让我无法抵达自身
这沉甸甸的雨让我悲痛一生　悲疼一生　悲疼一生……

2017 年 6 月 4 日夜写于济南 3170 房间